U0535218

天壹文化

从声音到文字，分裂人类智慧

一笑人间万事

余光中 —— 著

天地出版社 | TIANDI PRESS

目 录

第一章 一半烟火，一半清欢

书斋·书灾　　　　　　003

望乡的牧神　　　　　　014

花鸟　　　　　　　　　036

假如我有九条命　　　　045

一笑人间万事　　　　　051

日不落家　　　　　　　055

我是余光中的秘书　　　068

失帽记　　　　　　　　076

第二章 万家灯火,人间百态

蝗族的盛宴	087
借钱的境界	090
朋友四型	096
幽默的境界	100
开你的大头会	106
钞票与文化	112
谁能叫世界停止三秒?	121
车上哺乳不雅?	130

第三章 纸上春秋,笔下山河

猛虎和蔷薇	137
诗的三种读者	143
文章与前额并高	147
何曾千里共婵娟	158
另一段城南旧事	164

第四章 对话缪斯,牧神午后

梵谷的向日葵	175
现代绘画的欣赏	184
毕卡索——现代艺术的魔术师	199
论披头的音乐	219
饶了我的耳朵吧,音乐	245

第一章 一半烟火，一半清欢

书斋·书灾

物以类聚，我的朋友大半也是书呆子。很少有朋友约我去户外恋爱春天。大半的时间，我总是与书为伍。大半的时间，总是把自己关在六叠①之上，四壁之中，制造氮气，做白日梦。我的书斋，既不像华波尔（Horace Walpole）②中世纪的哥德式③城堡那么豪华，也不像格勒布街（Grub Street）④的阁楼那么寒

---

① 叠：即日本的榻榻米（草垫），一叠约合1.62平方米，"六叠"即可以铺六张榻榻米的房间，约合9.72平方米。——编者注
② 华波尔：即霍勒斯·沃波尔。——编者注
③ 哥德式：即哥特式。——编者注
④ 格勒布街：即格拉布街，是英国伦敦的一条旧街，曾为潦倒文人的聚集地。——编者注

酸。我的藏书不多，也没有统计，大约在一千册左右。"书到用时方恨少"，花了那么多钱买书，要查点什么仍然不够应付。有用的时候，往往发现某本书给朋友借去了没还来。没用的时候，它们简直满坑，满谷；书架上排列得整整齐齐的之外，案头，椅子上，唱机上，窗台上，床上，床下，到处都是。由于为杂志写稿，也编过刊物，我的书城之中，除了居民之外，还有许多来来往往的流动户口，例如《文学杂志》《现代文学》《中外》《蓝星》《作品》《文坛》《自由青年》等等，自然，更有数以百计的《文星》。

"腹有诗书气自华。"奈何那些诗书大半不在腹中，而在架上，架下，墙隅，甚至书桌脚下。我的书斋经常在闹书灾，令我的太太、岳母，和擦地板的下女顾而绝望。下女每逢擦地板，总把架后或床底的书一股脑儿堆在我床上。我的岳母甚且几度提议，用秦始皇的方法来解决。有一次，在台风期间，中和乡大闹水灾，夏菁家里数千份《蓝星》随波逐流，待风息水退，乃发现地板上，厨房里，厕所中，狗屋顶，甚至院中的树上，或正或反，举目皆是《蓝星》。如果厦门街也有这么一次水灾，则在我家，水灾过后，必有更严重的书灾。

你会说，既然怕铅字为祸，为什么不好好整理一下，使各就其位，取之即来呢？不可能，不可能！我的答复是不可能。凡有几本书的人，大概都会了解，理书是多么麻烦，同时也是多么消耗时间的一件事。对于一个书呆子，理书是带一点回忆的哀愁的。喏，这本书的扉页上写着："一九五二年四月购于台北。"（那时你还没有大学毕业哪！）那本书的封底里页，记着一个女友可爱的通信地址。（现在不必记了，她的地址就是我的。可叹，可叹！这是幸福，还是迷惘？）有一本书上写着："赠余光中，一九五九年于爱奥华城①。"（作者已经死了，他巍峨的背影已步入文学史。将来，我的女儿们读文学史读到他时，有什么感觉呢？）另一本书令我想起一位好朋友，他正在太平洋彼岸的一个小镇上穷泡，好久不写诗了。翻开这本红面烫金古色古香的诗集，不料一张叶脉毕呈枯脆欲断的橡树叶子，翩翩地飘落在地上。这是哪一个秋天的幽灵呢？那么多书，那么多束信，那么多叠的手稿！我来过，我爱过，我失去——该是每块墓碑上都适用的墓志铭。而这，也是每位作家整理旧书时必有的感想。谁能把自己的回忆整理清楚呢？

---

① 爱奥华城：即艾奥瓦城。——编者注

何况一面理书，一面还要看书。书是看不完的，尤其是自己的藏书。谁要能把自己的藏书读完，一定成为大学者。有的人看书必借，借书必不还。有的人看书必买，买了必不看完。我属于后者。我的不少朋友属于前者。这种分类法当然纯粹是主观的。有一度，发现自己的一些好书，甚至是绝版的好书，被朋友们久借不还，甚至于久催不理，我愤怒得考虑写一篇文章，声讨这批雅贼，不，"雅盗"，因为他们的罪行是公开的。不久我就打消这念头了，因为发现自己也未能尽免"雅盗"的作风。架上正摆着的，就有几本向朋友久借未还的书——有一本论诗的大著是向淡江某同事借的，已经半年多没还了，他也没来催。当然这么短的"侨居"还不到"归化"的程度。有一本《美国文学的传统》下卷，原是朱立民先生处借来，后来他料我毫无还意，绝望了，索性声明是送给我，而且附赠了上卷。在十几册因久借而"归化"了的书中，大部分是台大外文系的财产。它们的"侨龄"都已逾十一年。据说系图书馆的管理员仍是当年那位女士，吓得我十年来不敢跨进她的辖区。借钱不还，是不道德的事。书也是钱买的，但在"文艺无国界"的心理下，似乎借书不还是一件不值一提的事了。

除了久借不还的以外，还有不少书——简直有三四十册——是欠账买来的。它们都是向某家书店"买"来的,"买"是买来了,但几年来一直未曾付账。当然我也有抵押品——那家书店为我销售了百多本的《万圣节》和《钟乳石》,也始终未曾结算。不过我必须立刻声明,到目前为止,那家书店欠我的远少于我欠书店的。我想我没有记错,或者可以说,没有估计错,否则我不会一直任其发展而保持缄默。大概书店老板也以为他欠我较多,而容忍了这么久。

除了上述两种来历不太光荣的书外,一部分的藏书是作家朋友的赠书。其中绝大多数是中文的新诗集,其次是小说、散文、批评,和翻译,自然也有少数英文,乃至法文、韩文,和土耳其文的著作。这些赠书当然是来历光明的,因为扉页上都有原作者或译者的亲笔题字,更加可贵。可是,坦白地说,这一类的书,我也很少全部详细拜读完毕的。我敢说,没有一位作家会把别的作家的赠书一一览尽。英国作家贝洛克(Hilaire Belloc)有两行谐诗:

When I am dead, I hope it may be said:
"His sins were scarlet, but his books were read."

勉强译成中文，就成为：

当我死时，我希望人们会说：
"他的罪深红，但他的书确实读过。"

此地的 read 是双关的，它既是"读"的过去分词，又和"红"（red）同音，因此不可能译得传神。贝洛克的意思，无论一个人如何罪孽深重，只要他的著作真有人当回事地拜读过，也就算难能可贵了。一个人，尤其是一位作家之无法遍读他人的赠书，由此可以想见。每个月平均要收到三四十种赠书（包括刊物），我必须坦白承认，我既无时间逐一拜读，也无全部拜读的欲望。事实上，太多的大著，只要一瞥封面上作者的名字，或是多么庸俗可笑的书名，你就没有胃口开卷饕餮了。世界上只有两种作家——好的和坏的。除了一些奇迹式的例外，坏的作家从来不会变成好的作家。我写上面这段话，也许会莫须有地得罪不少赠书的作家朋友。不过我可以立刻反问他们："不要动怒。你们可以反省一下，曾经读完，甚至部分读过我的赠书没有？"我想，他们大半不敢遽作肯定的回答的。那些"难懂"的现代诗，那些"嚼饭喂人"的译诗，谁能够强人拜读呢？十九世纪牛津大学教授达巨生（C. L. Dodgson，笔名Lewis Carroll）[1]曾将他著的童话小说《爱丽斯漫游奇境记》(Alice in Wonderland)，呈献一册给维多利亚女皇。女皇很喜欢那本书，要达巨生教授将他以后的作品见赠。不久她果然收到他的第二本大著——一本厚厚的数学论文。我想女皇该不会读完第一页的。

第三类的书该是自己的作品了。它们包括四本诗集，三本译诗集，一本翻译小说，一本翻译传记。这些书中，有的尚存三四百册，有的仅余十数本，有的甚至已经绝版。到现在我仍清晰地记得，印第一本书时患得患失的心情。出版的那一晚，我曾经兴奋得终宵失眠，幻想着第二天那本小书该如何震撼整个文坛，如何再版三版，像拜伦那样传奇式地成名。为那本书写书评的梁实秋先生，并不那么乐观。他预计："顶多销三百本。你就印五百本好了。"结果我印了一千册，在半年之内销了三百四十多册。不久我因参加第一届大专毕业生的预官受训，未再继续委托书店销售。现在早给周梦蝶先生销光了。目前我业已发表而迄未印行成集的，有五种诗集，一本《现代诗

---

[1] 达巨生：印查尔斯·路特维奇·道奇森，笔名刘易斯·卡罗尔。——编者注

选译》，一本《蔡斯德菲尔家书》①，一本画家保罗·克利的评传，和两种散文集，如果我不夭亡——当然，买半票，充"神童"的年代早已逝去——到五十岁时，希望自己已是拥有五十本作品（包括翻译）的作家，其中至少应有二十种诗集。对九缪思②许的这个愿，恐怕是太大了一点。然而照目前写作的"产量"看来，打个六折，有三十本是绝对不成问题的。

最后一类藏书，远超过上述三类的总和。它们是我付现买来，集少成多的中英文书籍。惭愧得很，中文书和英文书的比例，十多年来，愈来愈悬殊了。目前大概是三比七。大多数的书呆子，既读书，亦玩书。读书是读书的内容，玩书则是玩书的外表。书确是可以"玩"的。一本印刷精美，封面华丽的书，其物质的本身就是一种美的存在。我所以买了那么多的英文书，尤其是缤纷绚烂的袖珍版丛书，对那些七色鲜明设计潇洒的封面一见倾心，往往是重大的原因。"企鹅丛书"（Penguin Books）的典雅，"现代丛书"（Modern Library）的端庄，"袖珍丛书"（Pocket Books）的活泼，"人人丛书"（Everyman's

---

① 《蔡斯德菲尔家书》：即《查斯德菲尔德家书》。——编者注
② 九缪思：缪思即缪斯，"九缪思"指希腊神话中的九位文艺女神。——编者注

Library）的古拙，"花园城丛书"（Garden City Books）的豪华，瑞士"史基拉艺术丛书"（Skira Art Books）的堂皇富丽，尽善尽美……这些都是使蠹鱼们神游书斋的乐事。资深的书呆子通常有一种不可救药的毛病。他们爱坐在书桌前，并不一定要读哪一本书，或研究哪一个问题，只是喜欢这本摸摸，那本翻翻，相相封面，看看插图和目录，并且嗅嗅（尤其是新书的）怪好闻的纸香和油墨味。就这样，一个昂贵的下午用完了。

约翰生博士[1]曾经说，既然我们不能读完一切应读的书，则我们何不任性而读？我的读书便是如此。在大学时代，出于一种攀龙附凤、进香朝圣的心情，我曾经遵循文学史的指点，自勉自励地读完八百多页的《汤姆·琼斯》，七百页左右的《虚荣市》[2]，甚至咬牙切齿，边读边骂地咽下了《自我主义者》。自从毕业后，这种啃劲愈来愈差了。到目前忙着写诗、译诗、编诗、教诗、论诗，五马分尸之余，几乎毫无时间读诗，甚至无时间读书了。架上的书，永远多于腹中的书；读完的藏书，恐怕不到十分之三。尽管如此，"玩"书的毛病始终没有痊愈。由

---

[1] 约翰生博士：又称约翰逊博士，即塞缪尔·约翰逊，英国评论家。——编者注
[2] 《虚荣市》：即《名利场》。——编者注

于常"玩",我相当熟悉许多并未读完的书,要参考某一意见,或引用某段文字,很容易就能翻到那一页。事实上,有些书是非玩它一个时期不能欣赏的。例如梵谷①的画集,康明思②的诗集,就需要久玩才能玩熟。

然而,十年玩下来了,我仍然不满意自己这书斋。由于太小,书斋之中一直闹着书灾。那些漫山遍野、满坑满谷、汗人而不充栋的洋装书,就像一批批永远取缔不了的流氓一样,没法加以安置。由于是日式,它嫌矮,而且像一朵"背日葵"那样,永远朝北,绝对晒不到太阳。如果中国多了一个阴郁的作家,这间北向的书房应该负责。坐在这扇北向之窗的阴影里,我好像冷藏在冰箱中一只满孕着南方的水果。白昼,我似乎沉浸在海底,岑寂的幽暗奏着灰色的音乐。夜间,我似乎听得见爱斯基摩人③雪橇滑行之声,而北极星的长髯垂下来,铮铮然,敲响串串的白钟乳。

可是,在这间艺术的冷宫中,有许多回忆仍是炽热的。朋友来访,我常爱请他们来这里坐谈,而不去客厅,似乎这里是

---

① 梵谷:即凡·高。——编者注
② 康明思:即E. E.卡明斯(E. E. Cummings),美国诗人。——编者注
③ 爱斯基摩人:现在一般称为因纽特人。——编者注

我的"文化背景",不来这里,友情的铅锤落不到我的心底。佛洛斯特①的凝视悬在壁上,我的缪思是男性的。在这里,我曾经听吴望尧,现代诗一位失踪的王子,为我讲一些猩红热和翡冷翠②的鬼故事。在这里,黄用给我看到几乎是他全部的作品,并且磨利了他那柄冰冷的批评。在这里,王敬羲第一次遭遇黄用,但是,使我们大失所望,并没有吵架。在这里,陈立峰,一个风骨凛然的编辑,也曾遗下一朵黑色的回忆……比起这些回忆,零乱的书籍显得整齐多了。

一九六三年四月十五日

---

① 佛洛斯特:即弗罗斯特。——编者注
② 翡冷翠:即佛罗伦萨。——编者注

望乡的牧神

  那年的秋季特别长，一直拖到感恩节，还不落雪。事后大家都说，那年的冬季，也不像往年那么长，那么严厉。雪是下了，但不像那么深，那么频。幸好圣诞节的一场还积得够厚，否则圣诞老人就显得狼狈失措了。

  那年的秋季，我刚刚结束了一年浪游式的讲学，告别了第三十三张席梦思，回到密歇根来定居。许多好朋友都在美国，但黄用和华苓在爱奥华，梨华远在纽约，一个长途电话能令人破产。咪咪手续未备，还阻隔半个大陆加一个海加一个海关。航空邮简是一种迟缓的箭，射到对海，火早已熄了，余烬显得特别冷。

那年的秋季，显得特别长。草，在渐渐寒冷的天气里，久久不枯。空气又干，又爽，又脆。站在下风的地方，可以嗅出树叶，满林子树叶散播的死讯，以及整个中西部成熟后的体香。中西部的秋季，是一场弥月不熄的野火，从浅黄到血红到暗赭到郁沉沉的浓栗，从爱奥华一直烧到俄亥俄，夜以继日以继夜地维持好几十郡的灿烂。云罗张在特别洁净的蓝虚蓝无上，白得特别惹眼。谁要用剪刀去剪，一定装满好几箩筐。

那年的秋季特别长，像一段锥形的永恒。我几乎以为，站在四围的秋色里，那种圆溜溜的成熟感，会永远悬在那里，不坠下来。终于一切瓜一切果都过肥过重了，从腴沃中升起来的仍垂向腴沃。每到黄昏，太阳也垂垂落向南瓜田里，红橙橙的，一只熟得不能再熟下去的，特大号的南瓜。日子就像这样过去。晴天之后仍然是晴天之后仍然是完整无憾饱满得不能再饱满的晴天，敲上去会敲出音乐来的稀金属的晴天。就这样微酩地饮着清醒的秋季，好怎么不好，就是太寂寞了。在西密歇根大学，开了三门课，我有足够的时间看书，写信。但更多的时间，我用来幻想，而且回忆，回忆在有一个岛上做过的有意义和无意义的事情，一直到半夜，到半夜以后。有些事情，曾经恨过的，再恨一次；曾经恋过的，再恋一次；有些无聊，甚至再无聊一次。一切都离我很久，很远。我不知道，我的寂寞应该以时间或空间为半径。就这样，我独自坐到午夜以后，看窗外的夜比《圣经·旧约》更黑，万籁俱死之中，听两颊的胡髭无赖地长着，应和着腕表巡回的秒针。

这样说，你就明白了。那年的秋季特别长。我不过是个客座教授，悠悠荡荡的，无挂无牵。我的生活就像一部翻译小说，情节不多，气氛很浓；也有其现实的一面，但那是异国的现实，不算数的。例如汽车保险到期了，明天要记得打电话给那家保险公司；公寓的邮差怪可亲的，圣诞节要不要送他件小礼品等等。究竟只是一部翻译小说，气氛再浓，只能当做一场逼真的梦罢了。而尤其可笑的是，读来读去，连一个女主角也不见。男主角又如此地无味。这部恶汉体[①]（picaresque）的小说，应该是没有销路的。不成其为配角的配角，倒有几位。劳悌芬便是其中的一位。在我教过的一百六十几个美国大孩子之中，劳悌芬和其他少数几位，大概会长久留在我的回忆里。一切都是巧合。有一个黑发的东方人，去到密歇根。恰巧会到那一个大学。恰巧那一年，有一个金发的美国青年，也在那大学里。恰

[①] 恶汉体：一种讲述流浪汉、无赖冒险事迹的小说题材。——编者注

巧金发选了黑发的课。恰巧谁也不讨厌谁。于是金发出现在那部翻译小说里。

那年的秋季，本来应该更长更长的。是劳悌芬，使它显得不那样长。劳悌芬，是我给金发取的中文名字。他的本名是Stephen Cloud①。一个姓云的人，应该是洒脱的。劳悌芬倒不怎么洒脱。他毋宁是有些腼腆的，不像班上其他的男孩，爱逗着女同学说笑。他也爱笑，但大半是坐在后排，大家都笑时他也参加笑，会笑得有些脸红。后来我才发现他是戴隐形眼镜的。

同时，秋季愈益深了。女学生们开始穿大衣来教室。上课的时候，掌大的枫树落叶，会簌簌叩打大幅的玻璃窗。我仍记得，那天早晨刚落过霜，我正讲到杜甫的"秋来相顾尚飘蓬"。忽然瞥见红叶黄叶之上，联邦的星条旗扬在猎猎的风中，一种摧心折骨的无边秋感，自头盖骨一直麻到十个指尖。有三四秒钟我说不出话来。但脸上的颜色一定泄漏了什么。下了课，劳悌芬走过来，问我周末有没有约会。当我的回答是否定时，他说：

---

① Stephen Cloud：一般译为斯蒂芬·克劳德，其中"Cloud"的中文意思是"云"。——编者注

"我家在农场上,此地南去四十多哩[①]。星期天就是万圣节了。如果你有兴致,我想请你去住两三天。"

所以三天后,我就坐在他西德产的小汽车右座,向南方出发了。十月底的一个半下午,小阳春停在最美的焦距上,湿度至小,能见度至大,风景呈现最清晰的轮廓。出了卡拉马如[②](Kalamazoo),密歇根南部的大平原抚得好空好阔,浩浩乎如一片陆海,偶然的农庄和丛树散布如列屿。在这样响当当的晴朗里,这样高速这样平稳地驰骋,令人幻觉是在驾驶游艇。一切都退得很远,腾出最开敞的空间,让你回旋。秋,确是奇妙的季节。每个人都幻觉自己像两万呎[③]高的卷云那么轻,一大张卷云卷起来称一称也不过几磅。又像空气那么透明,连忧愁也是薄薄的,用裁纸刀这么一裁就裁开了。公路,像一条有魔术的白地毡,在车头前面不断舒展,同时在车尾不断卷起。

如是卷了二十几哩,西德的小车在一面小湖旁停了下来。密歇根原是千湖之州,五大湖之间尚有无数小泽。像其他的小泽一样,面前的这个湖蓝得染人肝肺。立在湖边,对着满满的

[①] 哩:英里的旧称,1英里约合1609米。——编者注
[②] 卡拉马如:即卡拉马祖。——编者注
[③] 呎:英尺的旧称,1英尺约合0.3米。——编者注

湖水，似乎有一只幻异的蓝眼瞳在施术催眠，令人意识到一种不安的美。所以说秋是难解的。秋是一种不可置信而居然延长了这么久的奇迹，总令人觉得有点不妥。就像此刻，秋色四面，上面是土耳其玉的天穹，下面是普鲁士蓝的清澄，风起时，满枫林的叶子滚动香熟的灿阳，仿佛打翻了一匣子的玛瑙。莫内和席思礼①死了，印象主义的画面永生。

这只是刹那的感觉罢了。下一刻，我发现劳悌芬在喊我。他站在一株大黑橡下面。赤褐如焦的橡叶丛底，露出一间白漆木板钉成的小屋。走进去，才发现是一爿小杂货店。陈设古朴可笑，饶有殖民时期风味。西洋杉铺成的地板，走过时轧轧有声。这种小铺子在城市里是已经绝迹了。店主是一个满脸斑点的胖妇人。劳悌芬向她买了十几根红白相间的竿竿糖，满意地和我走出店来。

橡叶萧萧，风中甚有寒意。我们赶回车上，重新上路。劳悌芬把糖袋子递过来，任我抽了两根。糖味不太甜，有点薄荷在里面，嚼起来倒也津津可口。劳悌芬解释说：

"你知道，老太婆那家小店，开了十几年了，生意不好，

---

① 莫内和席思礼：即莫奈和西斯莱，两人都是法国印象派画家。——编者注

也不关门。读初中起,我就认得她了,也不觉得她的糖有什么好吃。后来去卡拉马如上大学,每次回家,一定找她聊天,同时买点糖吃,让她高兴高兴。现在居然成了习惯,每到周末,就想起薄荷糖来了。"

"是满好吃。再给我一根。你也是,别的男孩子一到周末就约 chic① 去了,你倒去看祖母。"

劳悌芬红着脸傻笑。过了一会,他说:

"女孩子麻烦。她们喝酒,还做好多别的事。"

"我们班上的好像都很乖。例如路丝——"

"恶,满嘴的存在主义什么的,好烦。还不如那个老婆婆坦白!"

"你不像其他的美国男孩子。"

劳悌芬耸耸肩,接着又傻笑起来。一辆货车挡在前面,他一踩油门,超了过去。把一袋糖吃光,就到了劳悌芬的家了。太阳已经偏西。夕照正当红漆的仓库,特别显得明艳映颊。劳悌芬把车停在两层的木屋前,和他父亲的旅行车并列在一起。一个丰硕的妇人从屋里探头出来,大呼说:

---

① chic:此处指漂亮、时髦的女孩。——编者注

"Steve[①]！我晓得是你！怎么这样晚才回来！风好冷，快进来吧！"

劳悌芬把我介绍给他的父母，和弟弟侯伯[②]（Herbert）。终于大家在晚餐桌边坐定。这才发现，他的父亲不过五十岁，已然满头白发，可是白得整齐而洁净，反而为他清瘦的面容增添光辉。侯伯是一个很漂亮的，伶手俐脚的小伙子。但形成晚餐桌上暖洋洋的气氛的，还是他的母亲。她是一个胸脯宽阔，眸光亲切的妇人，笑起来时，启露白而齐的齿光，映得满座粲然。她一直忙着传递盘碟。看见我饮牛奶时狐疑的脸色，她说：

"味道有点怪，是不是？这是我们自己的母牛挤的奶，原奶，和超级市场上买到的不同。等会你再尝尝我们自己的榨苹果汁看。"

"你们好像不喝酒。"我说。

"爸爸不要我们喝，"劳悌芬看了父亲一瞥，"我们只喝牛奶。"

---

① Steve：一般译为史蒂夫，是史蒂芬的昵称。——编者注
② 侯伯：又译为赫伯特。——编者注

"我们是清教徒,"他父亲眯着眼睛说,"不喝酒,不抽烟。从我的祖父起就是这样子。"

接着他母亲站起来,移走满桌子残肴,为大家端来一碟碟南瓜饼。

"Steve,"他母亲说,"明天晚上汤普森家的孩子们说了要来闹节的。'不招待,就作怪',余先生听说过吧?糖倒是准备了好几包。就缺一盏南瓜灯。地下室有三四只空南瓜,你等会去挑一只雕一雕。我要去挤牛奶了。"

等他父亲也吃罢南瓜饼,起身去牛栏里帮他母亲挤奶时,劳悌芬便到地下室去。不久,他捧了一只脸盆大小的空干南瓜来,开始雕起假面来。他在上端先开了两只菱形的眼睛,再向中部挖出一只鼻子,最后,又挖了一张新月形的阔嘴,嘴角向上。接着他把假面推到我的面前,问我像不像。相了一会,我说:

"嘴好像太小了。"

于是他又把嘴向两边开得更大。然后他说:

"我们把它放到外面去吧。"

我们推门出去。他把南瓜脸放在走廊的地板上,从夹克的大口袋里掏出一截白蜡烛,塞到蒂眼里,企图把它燃起。风又急又冷，一吹，就熄了。徒然试了几次，他说：

"算了，明晚再点吧。我们早点睡。明天还要去打野兔子呢。"

第二天下午，我们果然背着猎枪，去打猎了。这在我说来，是有点滑稽的。我从来没有打猎的经验。军训课上，是射过几发子弹，但距离红心不晓得有好远。劳悌芬却兴致勃勃，坚持要去。

"上个周末没有回家。再上个周末，帮爸爸驾收割机收黄豆。一直没有机会到后面的林子里去。"

劳悌芬穿了一件粗帆布的宽大夹克，长及膝盖，阔腰带一束，显得五呎十吋[①]上下的身材，分外英挺。他把较旧式的一把猎枪递给我，说：

"就凑合着用一下吧。一九五八年出品，本来是我弟弟用的。"看见我犹豫的脸色，他笑笑说："放松一点。只要不向我身上打就行。很有趣的，你不妨试试看。"

我原有一肚子的话要问他。可是他已经领先向屋后的橡树

---

① 吋：英寸的旧称，1英寸约合2.54厘米。5英尺10英寸约合1.78米。——编者注

林欣然出发了。我端着枪跟上去。两人绕过黄白相间的耿西牛群的牧地，走上了小木桥彼端的小土径，在犹青的乱草丛中蜿蜒而行。天气依然爽朗朗地晴。风已转弱，阳光不转瞬地凝视着平野，但空气拂在肌肤上，依然冷得人神志清醒，反应敏锐。舞了一天一夜的斑斓树叶，都悬在空际，浴在阳光金黄的好脾气中。这样美好而完整的静谧，用一发猎枪子弹给炸碎了，岂不是可惜。

"一只野兔也不见呢。"我说。

"别慌。到前面的橡树丛里去等等看。"

我们继续往前走。我努力向野草丛中搜索，企图在劳悌芬之前发现什么风吹草动；如此，我虽未必能打中什么，至少可以提醒我的同伴。这样想着，我就紧紧追上了劳悌芬。蓦地，我的猎伴举起枪来，接着耳边炸开了一声脆而短的骤响。一样毛茸茸的灰黄的物体从十几码外的黑橡树上坠了下来。

"打中了！打中了！"劳悌芬向那边奔过去。

"是什么？"我追过去。

等到我赶上他时，他正挥着枪柄在追打什么。然后我发现草坡下，劳悌芬脚边的一个橡树窟窿里，一只松鼠尚在抽搐。不到半分钟，它就完全静止了。

"死了。"劳悌芬说。

"可怜的小家伙。"我摇摇头。我一向喜欢松鼠。以前在爱奥华念书的时候，我常爱从红砖的古楼上，俯瞰这些长尾多毛的小动物，在修得平整的草地上嬉戏。我尤其爱看它们躬身而立，捧食松果的样子。劳悌芬捡起松鼠。它的右腿渗出血来，修长的尾巴垂着死亡。劳悌芬拉起一把草，把血斑拭去说：

"它掉下来，带着伤，想逃到树洞里去躲起来。这小东西好聪明。带回去给我父亲剥皮也好。"

他把死松鼠放进夹克的大口袋里，重新端起了枪。

"我们去那边的树林子里再找找看。"他指着半哩外的一片赤金和鲜黄。想起还没有庆贺猎人，我说：

"好准的枪法，刚才！根本没有看见你瞄准，怎么它就掉下来了。"

"我爱玩枪。在学校里，我还是预备军官训练队的上校呢。每年冬季，我都带侯伯去北部的半岛打鹿。这一向眼睛差了。隐形眼镜还没有戴惯。"

这才注意到劳悌芬的眸子是灰蒙蒙的，中间透出淡绿色的光泽。我们越过十二号公路。岑寂的秋色里，去芝加哥的车辆迅疾地扫过，曳着轮胎磨地的嗞嗞，和掠过你身边时的风声。

一辆农场的拖拉机，滚着齿槽深凹的大轮子，施施然辗过，车尾扬着一面小红旗。劳悌芬对车上的老叟挥挥手。

"是汤普森家的丈人。"他说。

"车上插面红旗子干吗？"

"哦，是州公路局规定的。农场上的拖拉机之类，在公路上穿来穿去，开得太慢，怕普通车辆从后面撞上去。挂一面红旗，老远就看见了。"

说着，我们一脚高一脚低走进了好大一片刚收割过的田地。阡陌间歪歪斜斜地还留着一行行的残梗，零零星星的豆粒，落在干燥的土块里。劳悌芬随手折起一片豆荚，把荚剥开。淡黄的豆粒滚入了他的掌心。

"这是汤普森家的黄豆田。尝尝看，很香的。"

我接过他手中的豆子，开始尝起来。他折了更多的豆荚，一片一片地剥着。两人把嚼不碎的豆子吐出来。无意间，我哼起"高粱肥，大豆香，遍地黄金少灾殃……"

"嘿，那是什么？"劳悌芬笑起来。

"二次大战时大家都唱的一首歌……那时我们都是小孩子。"说着，我的鼻子酸了起来。两人走出了大豆田，又越过一片尚未收割的玉蜀黍。劳悌芬停下来，笑得很神秘。过了一会，他说：

"你听听看，看能听见什么。"

我当真听了一会。什么也没有听见。风已经很微。偶尔，玉蜀黍的干穗谷，和邻株磨出一丝窸窣。劳悌芬的浅灰绿瞳子向我发出问询。

我茫然摇摇头。

他又阔笑起来。

"玉米田，多耳朵。有秘密，莫要说。"

我也笑起来。

"这是双关语，"他笑道，"我们英语管玉米穗叫耳朵。好多笑话都从它编起。"

接着两人又默然了。经他一说，果然觉得玉蜀黍秆上挂满了耳朵。成千的耳朵都在倾听，但下午的遗忘覆盖一切，什么也听不见。一枚硬壳果从树上跌下来，两人吓了一跳。劳悌芬俯身拾起来，黑褐色的硬壳已经干裂。

"是山胡桃呢。"他说。

我们继续向前走。杂树林子已经在面前。不久，我们发现自己已在树丛中了。厚厚的一层落叶铺在我们脚下。卵形而有齿边的是桦，瘦而多棱的是枫，橡叶则圆长而轮廓丰满。

我们踏着千叶万叶已腐的，将腐的，干脆欲裂的秋季向更深处走去，听非常过瘾也非常伤心的枯枝在我们体重下折断的声音。我们似乎践在暴露的秋筋秋脉上。秋日下午那安静的肃杀中，似乎，有一些什么在我们里面死去。最后，我们在一截断树干边坐下来。一截合抱的黑橡树干，横在枯枝败叶层层交叠的地面，龟裂的老皮形成阴郁的图案，记录霜的齿印，雨的泪痕。黑眼眶的树洞里，覆盖着红叶和黄叶，有的仍有潮意。

两人靠着断干斜卧下来，猎枪搁在断柯的杈丫上。树影重重叠叠覆在我们上面，蔽住更上面的蓝穹。落下来的锈红蚀褐已经很多，但仍有很多的病叶，弥留在枝柯上面，犹堪支撑一座两丈多高的镶黄嵌赤的圆顶。无风的林间，不时有一张叶子飘飘荡荡地堕下。而地面，纵横的枝叶间，会传来一声不甚可解的窸窣，说不出是足拨的或是腹游的路过。

"你看，那是什么？"我转向劳悌芬。他顺着我指点的方向看去。那是几棵银桦树间一片凹下去的地面，里面的桦叶都压得很平。

"好大的坑。"我说。

"是鹿，"他说，"昨夜大概有鹿来睡过。这一带有鹿。如果你住在湖边，就会看见它们结队去喝水。"

接着他躺了下来，枕在黑皮的树干上，穿着方头皮靴的脚交叠在一起。他仰面凝视叶隙透进来的碎蓝色。如是仰视着，他的脸上覆盖着纷沓而游移的叶影，红的朦胧叠着黄的模糊。他的鼻梁投影在一边的面颊上，因为太阳已沉向西南方，被桦树的白干分割着的西南方，牵着一线金熔熔的地平。他的阔胸脯微微地起伏。

"Steve，你的家园多安静可爱。我真羡慕你。"

仰着的脸上漾开了笑容。不久，笑容静止下来。

"是很可爱啊，但不会永远如此。我可能给征到越南去。"

"那样，你去不去呢？"我说。

"如果征到我，就必须去。"

"你——怕不怕？"

"哦，还没有想过。美国的公路上，一年也要死五万人呢。我怕不怕？好多人赶着结婚。我同样地怕结婚。年纪轻轻的，就认定一个女孩，好没意思。"

"你没有女朋友吗？"我问。

"没有认真的。"

我茫然了。躺在面前的是这样的一个躯体，结实，美好，充溢的生命一直到指尖和趾尖。就是这样的一个躯体，没有爱过，也未被爱过，未被情欲燃烧过的一截空白。有一个东方人是他的朋友。冥冥中，在一个遥远的战场上，将有更多的东方人等着做他的仇敌。一个遥远的战场，那里的树和云从未听说过密歇根。

这样想着，忽然发现天色已经晚了。金黄的夕暮淹没了林外的平芜。乌鸦叫得原野加倍地空旷。有谁在附近焚烧落叶，空中漫起灰白的烟来，嗅得出一种好闻的焦味。

"我们回去吃晚饭吧。"劳悌芬说。

那年的秋季特别长，似乎，万圣节来得也特别迟。但到了万圣节，白昼已经很短了。太阳一下去，天很快就黑了，比《圣经》的封面还黑。吃过晚饭，劳悌芬问我累不累。

"不累。一点儿也不累。从来没有像这样好兴致。"

"我们开车去附近逛逛去。"

"好啊——今晚不是万圣节前夕吗？你怕不怕？"

"怕什么？"劳悌芬笑起来，"我们可以捉两个女巫回来。"

"对！捉回来，要她们表演怎样骑扫帚！"

全家人都哄笑起来。劳悌芬和我穿上厚毛衫与夹克。推门出去，在寒颤的星光下，我们钻进西德的小车。车内好冷，皮垫子冰人臀股，一切金属品都冰人肘臂。立刻，车窗上就呵了一层翳翳的雾气。车子上了十二号公路，速度骤增，成排的榆树向两侧急急闪避，白脚的树干反映着首灯的光，但榆树的巷子外，南密歇根的平原罩在一件神秘的黑巫衣里。劳悌芬开了暖气。不久，我的膝头便感到暖烘烘了。

"今晚开车特别要小心，"劳悌芬说，"有些小孩子会结队到邻近的村庄去捣蛋。小孩子边走边说笑，在公路边上，很容易发生车祸。今年，警察局在报上提醒家长，不要让孩子穿深色的衣服。"

"你小时候有没有闹过节呢？"

"怎么没有？我跟侯伯闹了好几年。"

"怎么一个捣蛋法？"

"哦，不给糖吃的话，就用烂泥糊在人家门口。或在窗子上画个鬼，或者用粉笔在汽车上涂些脏话。"

"倒是满有意思的。"

"现在渐渐不作兴这样了。父亲总说，他们小时候闹得比我们还凶。"

说着，车已上了跨越大税路的陆桥。桥下的车辆四巷来去地疾驶着,首灯闪动长长的光芒,向芝加哥,向陀里多①。

"是印地安纳的超级税道。我家离州界只有七哩。"

"我知道。我在这条路上开过两次的。"

"今晚已经到过印地安纳了。我们回去吧。"

说着,劳悌芬把车子转进一条小支道,绕路回去。

"走这条路好些,"他说,"可以看看人家的节景。"

果然远处霎着几星灯火。驶近时,才发现是十几户人家。走廊的白漆栏杆上,皆供着点燃的南瓜灯,南瓜如面,几何形的眼鼻展览着布拉克和毕卡索②,说不清是恐怖还是滑稽。有的廊上,悬着骑帚巫的怪异剪纸。打扮得更怪异的孩子们,正在拉人家的门铃。灯火自楼房的窗户透出来,映出洁白的窗帷。

接着劳悌芬放松了油门。路的右侧隐约显出几个矮小的人影。然后我们看出,一个是王,戴着金黄的皇冠,持着权杖,披着黑色的大氅;一个是后,戴着银色的后冕,曳着浅紫色的衣裳;后面一个武士,手执斧钺,不过四五岁的样子。我们缓

---

① 陀里多:即托莱多。——编者注
② 毕卡索:即毕加索。——编者注

缓前行，等小小的朝廷越过马路。不晓得为什么，武士忽然哭了起来。国王劝他不听，气得骂起来。还是好心的皇后把他牵了过去。

劳悌芬和我都笑起来。然后我们继续前进。劳悌芬哼起《出埃及》①中的一首歌，低沉之中带点凄婉。我一面听，一面数路旁的南瓜灯。最后劳悌芬说：

"那一盏是我们家的南瓜灯了。"

我们把车停在铁丝网成的玉蜀黍圆仓前面。劳悌芬的母亲应铃来开门。我们进了木屋，一下子，便把夜的黑和冷和神秘全关在门外了。

"汤普森家的孩子们刚来过，"他的妈妈说，"爱弟装亚述王，简妮装贵妮薇儿，佛莱德跟在后面，什么也不像，连'不招待，就作怪'都说不清楚。"②

"表演些什么？"劳悌芬笑笑说。

"简妮唱了一首歌。佛莱德什么都不会，硬给哥哥按在地上翻了一个筋斗。"

---

① 《出埃及》：此处应指电影《出埃及记》。——编者注
② 亚述王即亚瑟王，贵妮薇儿即桂妮维亚，是亚瑟王的王后。——编者注

"汤姆怎么没来？"

"汤姆吗？汤姆说他已经大了，不搞这一套了。"

那年的秋季特别长，似乎可以那样一直延续下去。那一夜，我睡在劳悌芬家楼上，想到很多事情。南密歇根的原野向远方无限地伸长，伸进不可思议的黑色的遗忘里。地上，有零零落落的南瓜灯。天上，秋夜的星座在人家的屋顶上电视的天线上在光年外排列百年前千年前第一个万圣节前就是那样的阵图。我想得很多，很乱，很不连贯。高粱肥。大豆香。从越战想到韩战①想到八年的抗战②。想冬天就要来了空中嗅得出雪来今年的冬天我仍将每早冷醒在单人床上。大豆香。想大豆在密歇根香着在印地安纳在俄亥俄香着的大豆在另一个大陆有没有在香着？劳悌芬是个好男孩我从来没有过弟弟。这部翻译小说，愈写愈长愈没有情节而且男主角愈益无趣，虽然气氛还算逼真。南瓜饼是好吃的，比苹果饼好吃些。高粱肥。大豆香。大豆香

---

① 韩战：此处指朝鲜战争。——编者注

② 八年的抗战：此处指从1937年中国人民全面抗战开始到1949年抗日战争胜利的八年。从1931年"九一八"事变开始，到1945年8月15日日本投降，中国人民抗日战争持续十四年。——编者注

后又怎么样?我实在再也吟不下去了。我的床向秋夜的星空升起,升起。大豆香的下一句是什么?

那年的秋季特别长,所以说,我一整夜都浮在一首歌上。那些尚未收割的高粱,全失眠了。这么说,你就完全明白了,不是吗?那年的秋季特别长。

一九六六年十月二十四日追忆

花　　鸟

客厅的落地长窗外，是一方不能算小的阳台，黑漆的栏杆之间，隐约可见谷底的小村，人烟暧暧。当初发明阳台的人，一定是一位乐观外向的天才，才会突破家居的局限，把一个幻想的半岛推向户外，向山和海，向半空晚霞和一夜星斗。

阳台而无花，犹之墙壁而无画，多么空虚。所以一盆盆的花，便从下面那世界搬了上来。也不知什么时候起，栏杆三面竟已偎满了花盆，但这种美丽的移民一点也没有计划，欧阳修所谓的"浅深红白宜相间，先后仍须次第栽"，是完全谈不上的。这么十几盆栽，有的是初来此地，不畏辛劳，挤三等火车抱回来的，有的是同事离开中大的遗爱，也有的，是买了车后供在后座带回来的。无论是什么来历，我们都一般看待。花神的孩子，名号不同，容颜各异，但迎风招展的神态都是动人的。

朝西一隅，是茎藤四延和栏杆已绸缪难解的紫藤，开的是一串串粉白带浅紫的花朵。右边是一盆桂苗，高只近尺，花时竟也有高洁清雅的异香，随风漾来。近邻是两盆茉莉和一盆玉兰。这两种香草虽不得列于《离骚》狂吟的芳谱，她们细腻而幽邃的远芬，却是我无力抵抗的。开窗的夏夜，她们的体香回泛在空中，一直远飘来书房里，嗅得人神摇摇而意惚惚，不能久安于座，总忍不住要推纱门出去，亲近亲近。比较起来，玉兰修长的白瓣香得温醇些，茉莉的丛蕊似更醉鼻餍心，总之都太迷人。

再过去是两盆海棠。浅红色的花，油绿色的叶，相配之下，别有一种民俗画的色调，最富中国韵味，而秋海棠叶的象征，从小已印在心头。其旁还有一盆铁海棠，虬蔓郁结的刺茎上，开出四瓣对称的深红小花。此花生命力最强，暴风雨后，只有她屹立不摇，颜色不改。再向右依次是绣球花，蟹爪兰，昙花，杜鹃。蟹爪兰花色洋红而神态凌厉，有张牙奋爪作势攫人之意，简直是一只花魇，令我不敢亲近。昙花已经绽过三次，一次还是双蓓对开，真是吉夕素仙。夏秋之间，一夕盛放，皎白的千

037

层长瓣，眼看她恣纵迅疾地层开，幽幽地吐出粉黄娇嫩的簇蕊，却像一切奇迹那样，在目迷神眩的异光中，甫启即闭了。一年含蓄，只为一夕的挥霍，大概是芳族之中最羞涩最自谦最没有发表欲的一姝了。

在这些空中半岛，啊不，空中花园之上，我是两园丁之一，专掌浇水，每日夕阳沉山，便在晚霞的浮光里，提一把白柄蓝身的喷水壶，向众芳施水。另一位园丁当然是阳台的女主人，专司杀虫施肥，修剪枝叶，翻掘盆土。有时蓓蕾新发，野雀常来偷食，我就攘臂冲出去，大声驱逐。而高台多悲风，脚下那山谷只敞对海湾，海风一起，便成了老子所谓"虚而不屈，动而愈出"的一具风箱。于是便轮到我一盆盆搬进屋来。寒流来袭，亦复如此。女园丁笑我是陶侃运甓。美，也是有代价的。

无风的晴日，盆花之间常依偎一只白漆的鸟笼。里面的客人是一只灰翼蓝身的小鹦鹉，我为它取名蓝宝宝。走近去看，才发现翅膀不是全灰，而是灰中间白，并带一点点蓝；颈背上是一圈圈的灰纹，两翼的灰纹则弧形相掩，饰以白边，状如鱼鳞。翼尖交叠的下面，伸出修长几近半身的尾巴，毛色深孔雀蓝，常在笼栏边拂来拂去。身体的细毛蓝得很轻浅，很飘逸。胸前有一片白羽，上覆浑圆的小蓝点，点数经常在变，少则两点，长全时多至六点，排成弧形，像一条项链。

蓝宝宝的可爱，不止外貌的娇美。如果你有耐性，多跟它做一会伴，就会发现它的语言天才。它参加我们的生活成为最受宠爱的"小家人"才半年，韩惟全由美游港，在我们家小住数日，首先发现它在牙牙学语，学我们的人语。起先我们不信，以为它时发时歇的咿唔唛喋，不过是禽类的哓哓自语，无意识的饶舌罢了。经惟全一提醒，蓝宝宝的断续鸟语，在侧耳细听之下，居然有点人话的意思。只是有时嗫嚅吞吐，似是而非，加以人腔鸟调，句逗含混不清，那意境在人禽之间，恐怕连公冶长再世，也难以体会，更无论圣芳济①了。

幸运的时候，蓝宝宝会吐出三两个短句："小鸟过来"，"干什么"，"知道了"，"臭鸟不乖"，还有节奏起伏的"小鸟小鸟小小鸟"。小小曲喙的发音设备，毕竟和人嘴不可"同日而语"，所以人语的唇音齿音等等，蓝宝宝虽有娓娓巧舌，仍是摹拟难工的。听说要小鹦鹉认真学话，得先施以剪舌的手术，剪了之后就不会那么"大舌头"了。此举是否见效，我

---

① 圣芳济：即圣方济各，是天主教方济各会和方济各女修会的创始人，传说此人能与动物交谈，曾有对鸟传教的事迹。——编者注

039

不知道，但为了推行人语而违反人道，太无聊也太残忍了，我是绝对不肯的。无所不载无所不容的这世界，属于人，也属于花、鸟、虫、鱼；人类之间，禁止别人发言或强迫人人千口一辞，也就够威武的了，又何必向禽兽去行人政呢？因此，盆中的铁海棠，女园丁和我都任其自然，不加扭曲，而蓝宝宝呢，会讲几句人话，固然能取悦于人，满足主人的虚荣心，我们也任其自由发展，从不刻意去教它。写到这里，又听见蓝宝宝在阳台上叫了。不过这一次它是和外面的野雀呼应酬答，是在鸟语。

那样的啁啾，该是羽类的世界语吧。而无论蓝宝宝是在阳台上或是屋里，只要左近传来鸠呼或雀噪，它一定脆音相应，一逗一答，一呼一和，旁听起来十分有趣，或许在飞禽的世界里，也像人世一样，南腔北调，有各种复杂的方言，可惜我们莫能分辨，只好一概称为鸟语。

平时说到鸟语，总不免想起"生生燕语明如翦，呖呖莺声溜的圆"之类的婉婉好音，绝少想到鸟语之中，也有极其可怖的一类。后来参观底特律的大动物园，进入了笼高树密的鸟苑，绿重翠叠的阴影里，一时不见高栖的众禽，只听到四周怪笑吃吃，惊叹咄咄，厉呼磔磔，盈耳不知究竟有多少巫师隐身在幽处施法念咒，真是听觉上最骇人的一次经验。看过希区考克[①]的悚栗片《鸟》，大家惊疑之余，都说真想不到鸟类会有这么"邪恶"。其实人类君临这个世界，品尝珍羞，饕餮万物，把一切都视为当然，却忘了自己经常捕囚或烹食鸟类的种种罪行有多么残忍了。兀鹰食人，毕竟先等人自毙；人食乳鸽，却是一笼一笼地蓄意谋杀。

想到此地，蓝光一闪，一片青云飘在我的肩上，原来是有人把蓝宝宝放出来了。每次出笼，它一定振翅疾飞，在屋里回翔一圈，然后栖在我肩头或腕际。我的耳边、颈背、颔下，是最爱来依偎探讨的地方。最温驯的时候，它会憩在人的手背，低下头来，用小喙亲吻人的手指，一动也不动地，讨人欢喜。有时它更会从嘴里吐出一粒"雀粟"来，邀你共享，据说这是它表示友谊的亲切举动，但你尽可放心，它不会强人所难的，不一会，它又径自啄回去了。有时它也会轻咬你的手指头，并露出它可笑的花舌头。兴奋起来，它还会不断地向你磕头，颈毛松开，瞳仁缩小，嘴里更是呢呢喃喃，不知所云。不过所谓"小鸟依人"，只是片面的，只许它来亲人，不许你去抚它。你

[①] 希区考克：即希区柯克。——编者注

才一伸手，它立刻回过身来面对着你，注意你的一举一动，不然便是蓝羽一张，早已飞之冥冥。

不少朋友在我的客厅里，常因这一闪蓝云的猝然降临而大吃一惊。女作家心岱便是其中的一位。说时迟那时快，蓝宝宝华丽的翅膀一收，已经栖在她手腕上了。心岱惊神未定，只好强自镇静，听我们向她夸耀小鸟的种种。后来她回到台北，还在《联合副刊》发表《蓝宝》一文，以记其事。

我发现，许多朋友都不知道养一只小鹦鹉有多么有趣，又多么简单。小鹦鹉的身价，就它带给主人的乐趣说来，是非常便宜的。在台湾，每只约售六七十元，在香港只要港币六元，美国的超级市场里也常有出售，每只不过五六元美金。在丹佛时，我先后养过四只，其中黄底灰纹的一只毛色特别娇嫩，算是珍品，则是花十五元美金买来的。买小鹦鹉时，要注意两件事情。年龄要看额头和鼻端，额上黑纹愈密，鼻上色泽愈紫，则愈幼小，要买，当然要初生的稚婴，才容易和你亲近。至于健康呢，则要翻过身来看它的肛门，周围的细白绒毛要干，才显得消化良好。小鹦鹉最怕泻肚子，一泻就糟。

此外的投资，无非是一只鸟笼，两枝栖木，一片鱼骨，和极其迷你的水缸粟钵而已。鱼骨的用场，是供它啄食，以吸取充分的钙质。那么小的肚子，耗费的粟量当然有限，再穷的主人也供得起的。有时为了调剂，不妨喂一点青菜和果皮，让它啄三五口，也就够了。熟了以后，可以放出笼来，任它自由飞憩，不过门窗要小心关好，否则它爱向亮处飞，极易夺门而去。我养过的近十头小鹦鹉之中，就有两头是这么无端飞掉的。有了这种伤心的教训，我只在晚上才敢把鸟放出笼来。

小鸟依人，也会缠人，过分亲狎之后，也有烦恼的。你吃苹果，它便飞来奇袭，与人争食。你特别削一小片喂它，它只浅尝三两口，仍纵回你的口边，定要和你分享大块。你看报，它便来嚼食纸边，吃得津津有味。你写字呢，它便停在纸上，研究你写些什么，甚至以为笔尖来回挥动是在逗它玩乐，便来追咬你的笔尖。要赶它回笼，可不容易。如果它玩得还未尽兴，则无论你如何好言劝诱或恶声威胁，都不能使它俯首归心。最后只有关灯的一招，在黑暗里，它是不敢飞的。于是你伸手擒来，毛茸茸软温温的一团，小心脏抵着你的手心猛跳，吱吱的抗议声中，你已经把它置回笼里。

蓝宝宝是大埔的菜市上六元买来的，在我所有的"禽缘"里，它是最乖巧可爱的一只，现在，即使有谁出六千元，我也不肯舍弃它的。前年夏天，我们举家回台北去，只好把蓝宝宝寄在宋淇府上，劳宋夫人做了半个月的"鸟妈妈"。记得交托之时，还郑重其事，拟了一张"养鸟须知"的备忘录，悬于笼侧，文曰：

一、小米一钵，清水半缸，间日一换，不食烟火，俨然羽仙。

二、风口日曝之处，不宜放置鸟笼。

三、无须为鸟沐浴，造化自有安排。

四、智商仿佛两岁稚婴。略通人语，颇喜传讹。闺中隐私，不宜多言，慎之慎之。

一九七七年五月

假如我有九条命

假如我有九条命，就好了。

一条命，就可以专门应付现实的生活。苦命的丹麦王子说过：既有肉身，就注定要承受与生俱来的千般惊扰。现代人最烦的一件事，莫过于办手续；办手续最烦的一面莫过于填表格。表格愈大愈好填，但要整理和收存，却愈小愈方便。表格是机关发的，当然力求其小，于是申请人得在四根牙签就塞满了的细长格子里，填下自己的地址。许多人的地址都是节外生枝，街外有巷，巷中有弄，门牌还有几号之几，不知怎么填得进去。这时填表人真希望自己是神，能把须弥纳入芥子，或者只要在格中填上两个字："天堂"。一张表填完，又来一张，上面还有密密麻麻的各条说明，必须皱眉细阅。至于照片、印章，以及各种证件的号码，更是缺一不可。于是半条命已去了，剩下的半条勉强可以用来回信和开会，假如你找得到相关的来信，受得了邻座的烟熏。

一条命，有心留在台北的老宅，陪伴父亲和岳母。父亲年逾九十，右眼失明，左眼不清。他原是最外倾好动的人，喜欢与乡亲契阔谈宴，现在却坐困在半昧不明的寂寞世界里，出不得门，只能追忆冥隔了二十七年的亡妻，怀念分散在外地的子媳和孙女。岳母也已过了八十，五年前断腿至今，步履不再稳便，却能勉力以蹒跚之身，照顾旁边的朦胧之人。她原是我的姨母，家母亡故以来，她便迁来同住，主持失去了主妇之家的琐务，对我的殷殷照拂，情如半母，使我常常感念天无绝人之路，我失去了母亲，神却再补我一个。

一条命，用来做丈夫和爸爸。世界上大概很少全职的丈夫，男人忙于外务，做这件事不过是兼差。女人做妻子，往往却是专职。女人填表，可以自称"主妇"（housewife），却从未见过男人自称"主夫"（house husband）。一个人有好太太，必定是天意，这样的神恩应该细加体会，切勿视为当然。我觉得自己做丈夫比做爸爸要称职一点，原因正是有个好太太。做母亲的既然那么能干而又负责，做父亲的也就乐得"垂拱而治"了。所以我家实行的是总理制，我只是合照上那位俨然的元首。四个女儿天各一方，负责通信、打电话的是母亲，做父亲的总是在忙别的事情，只在心底默默怀念着她们。

一条命，用来做朋友。中国的"旧男人"做丈夫虽然只是兼职，但是做起朋友来却是专任。妻子如果成全丈夫，让他仗义疏财，去做一个漂亮的朋友，"江湖人称小孟尝"，便能赢得贤名。这种有友无妻的作风，"新男人"当然不取。不过新男人也不能遗世独立，不交朋友。要表现得"够朋友"，就得有闲、有钱，才能近悦远来。穷忙的人怎敢放手去交游？我不算太穷，却穷于时间，在"够朋友"上面只敢维持低姿态，大半仅是应战。跟身边的朋友打完消耗战，再无余力和远方的朋友隔海越洲，维持庞大的通讯网了。演成近交而不远攻的局面，虽云目光如豆，却也由于鞭长莫及。

一条命，用来读书。世界上的书太多了，古人的书尚未读通三卷两帙，今人的书又汹涌而来，将人淹没。谁要是能把朋友题赠的大著通通读完，在斯文圈里就称得上是圣人了。有人读书,是纵情任性地乱读,只读自己喜欢的书,也能成为名士。有人呢是苦心孤诣地精读,只读名门正派的书,立志成为通儒。我呢,论狂放不敢做名士,论修养不够做通儒,有点不上不下。要是我不写作,就可以规规矩矩地治学;或者不教书,就可以痛痛快快地读书。假如有一条命专供读书,当然就无所谓了。

书要教得好,也要全力以赴,不能随便。老师考学生,毕竟范围有限,题目有形。学生考老师,往往无限又无形。上课之前要备课,下课之后要阅卷,这一切都还有限。倒是在教室以外和学生闲谈问答之间,更能发挥"人师"之功,在"教"外施"化"。常言"名师出高徒",未必尽然。老师太有名了,便忙于外务,席不暇暖,怎能即之也温?倒是有一些老师"博学而无所成名",能经常与学生接触,产生实效。

另一条命应该完全用来写作。台湾的作家极少是专业,大半另有正职。我的正职是教书,幸而所教与所写颇有相通之处,不致于互相排斥。以前在台湾,我日间教英文,夜间写中文,颇能并行不悖。后来在香港,我日间教三十年代文学,夜间写八十年代文学，也可以各行其是。不过艺术是需要全神投入的活动，没有一位兼职然而认真的艺术家不把艺术放在主位。鲁本斯任荷兰驻西班牙大使，每天下午在御花园里作画。一位侍臣在园中走过，说道："哟，外交家有时也画几张画消遣呢。"鲁本斯答道："错了，艺术家有时为了消遣，也办点外交。"陆游诗云："看渠胸次隘宇宙，惜哉千万不一施。空回英概入笔墨，生民清庙非唐诗。向令天开太宗业，马周遇合非公谁？后世但作诗人看，使我抚几空嗟咨。"陆游认为杜甫之才应立功，而不应仅仅立言，看法和鲁本斯正好相反。我赞成鲁本斯的看法，认为立言已足自豪。鲁本斯所以传后，是由于他的艺术，不是他的外交。

一条命，专门用来旅行。我认为没有人不喜欢到处去看看：多看他人，多阅他乡，不但可以认识世界，亦所以认识自己。有人旅行是乘豪华邮轮，谢灵运再世大概也会如此。有人背负行囊，翻山越岭。有人骑自行车环游天下。这些都令我羡慕。我所优为的，却是驾车长征，去看天涯海角。我的太太比我更爱旅行，所以夫妻两人正好互作旅伴，这一点只怕徐霞客也要艳羡。不过徐霞客是大旅行家、大探险家，我们，只是浅游而已。

最后还剩一条命,用来从从容容地过日子,看花开花谢,人往人来,并不特别要追求什么,也不被"截止日期"所追迫。

一九八五年七月七日《联副》

一笑人间万事

王尔德的喜剧《不可儿戏》六月底在香港大会堂一连演了十四场，场场满座，观众无不"绝倒"。我身为此剧的中文译者，除了对杨世彭的导演艺术衷心佩服之外，更触发下面的一些感想。

鲁迅说得好：悲剧是把有价值的东西毁灭给人看，喜剧则是把无价值的东西毁灭给人看。什么是无价值的东西呢？在王尔德的喜剧里，那就是人性的基本弱点，例如虚伪、虚荣、矛盾、自私等等，而不是特定的阶级、政党、行业，或性别。讽刺人性的喜剧似乎不如讽刺某时某地社会现象的喜剧来得写实，可是在某时某地之外，往往更为普及而耐久。王尔德那种无中生有的妙语，无所不刺的笑话，在九十年后的地球背面，仍能凭空教中国的观众放松了面肌，运动了横膈膜，而尽一夕之欢。

惹笑未必是喜剧的最终目的，但是一出不惹人笑或是笑不尽兴的喜剧却是一大失败。那样尴尬的场面真教观众无趣，演员无兴，导演面上无光。笑，未必是对艺术最深刻的反应，但这种反应最为自然，最做不得假。要把几百个颇有见识的观众逗得失声发笑，哄堂大笑，而又笑声不断，绝非易事。台上妙语如珠，台下笑声成潮，这时你会觉得：这出戏是台下和台上合作演成的。喜剧惹笑，等于提前鼓掌，最令演员增加信心，提高士气。在这种气氛中加入笑阵的台下人，更感到人同此心、与众共欢的快意。

麦尔维尔在《白鲸记》里说："面对一切荒谬，最聪明最方便的答复，便是大笑。"孟肯[①]在《偏见集》里也说："一声豪笑抵得过一万句推理。豪笑一声，不但更有效果，也更有智慧。"

王尔德的喜剧无中生有地创出了许多荒谬而有趣的对话，表达了许多荒谬而有趣的念头，出乎观众意料，却入于艺术趣味，反常之中竟似合道。男人有意独身，通常予人克己禁欲之

[①] 孟肯：即门肯。——编者注

感。在《不可儿戏》里，劳小姐（一位老处女）却对蔡牧师说："我的好牧师，你似乎还不明白，一个男人要是打定主意独身到底，就等于变成了永远公开的诱惑。男人应该小心一点：使脆弱的异性迷路的，正是单身汉。"说到此地，台下的观众无不失笑。

剧中人物杰克与亚吉能是一对难兄难弟的好朋友。杰克受挫于亚吉能的姨妈，气得大骂她是母夜叉，结论是："她做了妖怪，又不留在神话里，实在太不公平……对不起，阿吉，也许我不该这么当面说你的姨妈。"亚吉能答道："老兄，我最爱听人家骂我的亲戚了。只有靠这样，我才能忍受他们。"台下观众又是哄堂大笑。

最荒谬的妙语则出于"妖怪"巴夫人之口。她盘问未来的女婿杰克："你双亲都健在吧？"杰克说："我已经失去了双亲。"巴夫人说："失去了父亲或母亲，华先生，还可以说是不幸；双亲都失去了，就未免太大意了。"对此，观众报以最响的笑声。

台下的笑声，谁也不能控制，甚至不能逆料。有些地方导演和我都觉得好笑，台下却放过不笑。杰克对巴夫人控诉亚吉能招摇撞骗，巴夫人听完诉辞之后惊答："做人不诚实！我的外甥亚吉能？绝对不可能！他是牛津毕业的。"最后一句当然可笑，却未激起台下的波纹。

妙语连珠而来，笑声叠浪而起，其间也有美中不足，令高明的导演与演员束手无策。在《不可儿戏》的第二幕，亚吉能看到西西丽在记日记，问她能不能让他看看内容，西西丽说："哦不可以。你知道，里面记录的不过是一个很年轻的女孩子私下的感想和印象，所以呢，是准备出版的。等到印成书的时候，希望你也邮购一本。"台下人听到"是准备出版的"时，因为逻辑逆转，悖乎常理，而且颠倒得十分有趣，不禁哄堂大笑。但是下一句也非常可笑，却在上一句引爆的笑声中给淹没了。演员又不能在台上僵住，等笑声退潮，再说下去。

《不可儿戏》在香港演出，纯用粤语。我真希望台湾有剧团能用"国语"来演。中文译本在台湾出版两年了，竟未引起若何反应，令译者相当失望。

一九八五年七月十四日《联副》

日不落家

1

　　壹圆的旧港币上有一只雄狮，戴冕控球，姿态十分威武。但七月一日以后，香港归还了中国，那顶金冠就要失色，而那只圆球也不能号称全球了。伊丽莎白二世在位，已经四十五年，恰与一世相等。在两位伊丽莎白之间，大英帝国从起建到瓦解，凡历四百余年，与汉代相当。方其全盛，这帝国的属地藩邦、运河军港，遍布了水陆大球，天下四分，独占其一，为历来帝国之所未见，有"日不落国"之称。

　　而现在，日落帝国，照艳了香港最后这一片晚霞。"日不落国"将成为历史,代之而兴的乃是"日不落家"。

冷战时代过后,国际日趋开放,交流日见频繁,加以旅游便利,资讯发达,这世界真要变成地球村了。于是同一家人辞乡背井,散落到海角天涯,昼夜颠倒,寒暑对照,便成了"日不落家"。今年我们的四个女儿,两个在北美,两个在西欧,留下我们二老守在岛上。一家而分在五国,你醒我睡,不可同日而语,也成了"日不落家"。

幼女季珊留法五年,先在翁热修法文,后去巴黎读广告设计,点唇画眉,似乎沾上了一些高卢风味。我家英语程度不低,但家人的法语发音,常会遭她纠正。她擅于学人口吻,并佐以滑稽的手势,常逗得母亲和姐姐们开心,轻则解颜,剧则捧腹。可以想见,她的笑话多半取自法国经验,首当其冲的自然是法国男人。马歇·马叟是她的偶像,害得她一度想学默剧。不过她的设计也学得不赖,我译的王尔德喜剧《理想丈夫》,便是她做的封面。现在她住在加拿大,一个人孤悬在温哥华南郊,跟我们的时差是早八小时。

长女珊珊在堪萨斯修完艺术史后,就一直留在美国,做了长久的纽约客。大都会的艺馆画廊既多,展览又频,正可尽情饱赏。珊珊也没有闲着,远流版两巨册的《现代艺术理论》就是她公余、厨余的译绩。华人画家在东岸出画集，也屡次请她写序。看来我的"序灾"她也有分了，成了"家患"，虽然苦些，却非徒劳。她已经做了母亲，男孩四岁，女孩未满两岁。家教所及：那小男孩一面挥舞恐龙和电动神兵，一面却随口叫出梵谷和蒙娜·丽莎的名字，把考古、科技、艺术合而为一，十足一个博闻强记的顽童。四姐妹中珊珊来得最早，在生动的回忆里她是破天荒第一声婴啼，一婴开啼，众婴响应，带来了日后八根小辫子飞舞的热闹与繁华。然而这些年来她离开我们也最久，而自己有了孩子之后，也最不容易回台，所以只好安于"日不落家"，不便常回"娘家"了，她和幺妹之间隔了一整个美洲大陆，时差，又早了三个小时。

凌越渺渺的大西洋更往东去，五小时的时差，便到了莎士比亚所赞的故乡，"一块宝石镶嵌在银涛之上"。次女幼珊在曼彻斯特大学专攻华兹华斯，正襟危坐，苦读的是诗翁浩繁的全集，逍遥汗漫，优游的也还是诗翁俯仰的湖区。华兹华斯乃英国浪漫诗派的主峰，幼珊在柏克莱[①]写硕士论文，仰攀的是这翠微，十年后径去华氏故乡，在曼城写博士论文，登临的仍是

[①] 柏克莱：即伯克利。——编者注

这雪顶，真可谓从一而终。世上最亲近华氏的女子，当然是他的妹妹桃乐赛①（Dorothy Wordsworth），其次呢，恐怕就轮到我家的二女儿了。

幼珊留英，将满三年，已经是一口不列颠腔。每逢朋友访英，她义不容辞，总得驾车载客去西北的坎布利亚②，一览湖区绝色，简直成了华兹华斯的特勤导游。如此贡献，只怕桃乐赛也无能为力吧。我常劝幼珊在撰正论之余，把她的英国经验，包括湖区的唯美之旅，一一分题写成杂文小品，免得日后"留英"变成"留白"。她却惜墨如金，始终不曾下笔，正如她的幺妹空将法国岁月藏在心中。

幼珊虽然远在英国，今年却不显得怎么孤单，因为三妹佩珊正在比利时研究，见面不难，没有时差。我们的三女儿反应迅速，兴趣广泛；而且"见异思迁"：她拿的三个学位依次是历史学士、广告硕士、行销博士。所以我叫她做"柳三变"。在香港读中文大学的时候，她的钢琴演奏曾经考取八级，一度有意去美国主修音乐；后来又任《星岛日报》的文教记者。所以

---

① 桃乐赛：即多萝西。——编者注
② 坎布利亚：即坎布里亚。——编者注

在餐桌上我常笑语家人:"记者面前,说话当心。"

回台以后,佩珊一直在东海的企管系任教,这些年来,更把本行的名著三种译成中文,在"天下""远流"出版。今年她去比利时做市场调查,范围兼及荷兰、英国。据我这做父亲的看来,她对消费的兴趣,不但是学术,也是癖好,尤其是对于精品。她的比利时之旅,不但饱览佛朗德斯①名画,而且遍尝各种美酒,更远征土耳其,去清真寺仰听尖塔上悠扬的呼祷,想必是十分丰盛的经验。

2

世界变成了地球村,这感觉,看电视上的气象报告最为具体。台湾太热,温差又小,本地的气象报告不够生动,所以爱看外地的冷暖,尤其是够酷的低温。每次播到大陆各地,我总是寻找沈阳和兰州。"哇!零下十二度耶!过瘾啊!"于是一整

---

① 佛朗德斯:即佛兰德,西欧历史地名,包括今天比利时的东佛兰德省、西佛兰德省,法国的加来海峡省和诺尔省,以及荷兰的泽兰省。——编者注

幅雪景当面捆来，觉得这世界还是多彩多姿的。

一家既分五国，气候自然各殊。其实四个女儿都在寒带，最北的曼彻斯特约当北纬五十三度又半，最南的纽约也还有四十一度，都属于高纬了。总而言之，四个女儿纬差虽达十二度，但气温大同，只得一个冷字。其中幼珊最为怕冷，偏偏曼彻斯特严寒欺人，而读不完的华兹华斯又必须久坐苦读，难抵凛冽。对比之下，低纬二十二度半的高雄是暖得多了，即使嚷嚷寒流犯境，也不过等于英国的仲夏之夜，得盖被窝。

黄昏，是一日最敏感最容易受伤的时辰，气象报告总是由近而远，终于播到了北美与西欧，把我们的关爱带到高纬，向陌生又亲切的都市聚焦。陌生，因为是寒带。亲切，因为是我们的孩子所在。

"温哥华还在零下！"

"暴风雪袭击纽约，机场关闭！"

"伦敦都这么冷了，曼彻斯特更不得了！"

"布鲁塞尔呢，也差不多吧？"

坐在热带的凉椅上看国外的气象，我们总这么大惊小怪，并不是因为没有见识过冰雪，或是孩子们还在稚龄，不知保暖，更不是因为那些国家太简陋，难以御寒。只因为父母老了，念女情深，在记忆的深处，梦的焦点，在见不得光的潜意识底层，女儿的神情笑貌仍似往昔，永远珍藏在娇憨的稚岁，童真的幼龄——所以天冷了，就得为她们加衣，天黑了，就等待她们一一回来，向热腾腾的晚餐，向餐桌顶上金黄的吊灯报到，才能众瓣聚首，众瓣围萉，辐辏成一朵哄闹的向日葵。每当我眷顾往昔，年轻的幸福感就在这一景停格。

人的一生有一个半童年。一个童年在自己小时候，而半个童年在自己孩子的小时候。童年，是人生的神话时代，将信将疑，一半靠父母的零星口述，很难考古。错过了自己的童年，还有第二次机会，那便是自己子女的童年。年轻爸爸的幸福感，大概仅次于年轻妈妈了。在厦门街绿荫深邃的巷子里，我曾是这么一位顾盼自得的年轻爸爸，四个女婴先后裹着奶香的襁褓，投进我喜悦的怀抱。黑白分明，新造的灵瞳灼灼向我转来，定睛在我脸上，不移也不眨，凝神认真地读我，似乎有一点困惑。

"好像不是那个（妈妈）呢，这个（男人）。"她用超语言的混沌意识在说我，而我，更逼近她的脸庞，用超语言的笑容向她示意："我不是别人，是你爸爸，爱你，也许比不上你妈妈那么周到，但不会比她较少。"她用超经验的直觉将我的笑容解码，于是学起我来，忽然也笑了。这是父女间第一次相视而笑，像风吹水绽,自成涟漪,却不落言诠,不留痕迹。

为了女婴灵秀可爱,幼稚可哂,我们笑。受了我们笑容的启示,笑声的鼓舞,女婴也笑了。女婴一笑,我们以笑回答。女婴一哭,我们笑得更多。女婴刚会起立,我们用笑勉励。她又跌坐在地,我们用笑安抚。四个女婴马戏团一般相继翻筋斗来投我家,然后是带爬、带跌、带摇、带晃,扑进我们张迎的怀里——她们的童年是我们的"笑季"。

为了逗她们笑,我们做鬼脸。为了教她们牙牙学语,我们自己先儿语牙牙:"这是豆豆,那是饼饼,虫虫虫虫飞!"成人之间不屑也不敢的幼稚口吻、离奇动作,我们在孩子面前,特权似的,却可以完全解放,尽情表演。在孩子的真童年里,我们找到了自己的假童年,乡愁一般再过一次小时候,管它是真是假,是一半还是完全。

快乐的童年是双全的互惠:一方面孩子长大了,孺慕儿时的亲恩;一方面父母老了,眷念子女的儿时。因为父母与稚儿之间的亲情,最原始、最纯粹、最强烈,印象最久也最深沉,虽经万劫亦不可磨灭。坐在电视机前,看气象而念四女,心底浮现的常是她们孩时,仰面伸手,依依求抱的憨态,只因那形象最萦我心。

最萦我心是第一个长夏，珊珊卧在白纱帐里，任我把摇篮摇来摇去，乌眸灼灼仍对我仰视，窗外一巷的蝉嘶。是幼珊从躺床洞孔倒爬了出来，在地上颤颤昂头像一只小胖兽，令众人大吃一惊，又哄然失笑。是带佩珊去看电影，她水亮的眼珠在暗中转动，闪着银幕的反光，神情那样紧张而专注，小手微汗在我的手里。是季珊小时候怕打雷和鞭炮，巨响一迸发就把哭声埋进婆婆的怀里，呜咽久之。

不知道她们的母亲，记忆中是怎样为每一个女孩的初貌取景造形。也许是太密太繁了，不一而足，甚至要远溯到成形以前，不是形象，而是触觉，是胎里的颠倒蜷伏，手撑脚踢。

当一切追溯到源头，混沌初开，女婴的生命起自父精巧遇到母卵，正是所有爱情故事的雏形。从父体出发长征的，万头攒动，是适者得岸的蝌蚪宝宝，只有幸运的一头被母岛接纳。于是母女同体的十月因缘奇妙地开始。母亲把女婴安顿在子宫，用胚胎喂她，羊水护她，用脐带的专线跟她神秘地通话，给她暧昧的超安全感，更赋她心跳、脉搏与血型，直到大头蝌蚪变成了大头宝宝，大头朝下，抱臂交股，蜷成一团，准备向生之窄门拥挤顶撞，破母体而出，而且鼓动肺叶，用尚未吃奶的气力，嗓音惊天地而动鬼神，又像对母体告别，又像对母亲报到，洪亮的一声啼哭："我来了！"

3

母亲的恩情早在孩子会呼吸以前就开始。所以中国人计算年龄，是从成孕数起。那原始的十个月，虽然眼睛都还未睁开，已经样样向母亲索取，负欠太多。等到降世那天，同命必须分体，更要断然破胎、截然开骨，在剧烈加速的阵痛之中，挣扎着，夺门而出。生日蛋糕之甜，烛火之亮，是用母难之血来偿付的。但生产之大劫不过是母爱的开始，日后母亲的辛勤照顾，从抱到背，从扶到推，从拉拔到提掖，字典上凡是手字部的操劳，哪一样没有做过？《蓼莪》篇说："哀哀父母，生我劬劳。"其实肌肤之亲、操劳之勤，母亲远多于父亲。所以《蓼莪》又说："母兮鞠我，拊我畜我，长我育我，顾我复我，出入腹我。欲报之德，昊天罔极？"其中所言，多为母恩。"出入腹我"一句形容母不离子，最为传神，动物之中恐怕只有袋鼠家庭胜过人伦了。

从前是四个女儿常在身边，顾之复之，出入腹之。我存肌肤白皙，四女多得遗传，所以她们小时我戏呼之为"一窝小白鼠"。在丹佛时，长途旅行，一窝小白鼠全在我家车上，坐满后排。那情景，又像是所有的鸡蛋都放在同一只篮里。我手握驾驶盘，不免倍加小心，但是全家同游，美景共享，却也心满意足。在香港的十年，晚餐桌上热汤蒸腾，灯氛温馨，四只小白鼠加一只大白鼠加我这大老鼠围成一桌，一时六口齐张，美肴争入，妙语争出，叽叽喳喳喧成一片，鼠伦之乐莫过于此。

而现在，一窝小白鼠全散在四方，这样的盛宴久已不再。剩下二老，只能在清冷的晚餐后，向国外的气象报告去揣摩四地的冷暖。中国人把见面打招呼叫做寒暄。我们每晚在电视上真的向四个女儿"寒暄"，非但不是客套，而且寓有真情，因为中国人不惯和家人紧抱热吻，恩情流露，每在淡淡的问暖嘘寒，叮嘱添衣。

往往在气象报告之后，做母亲的一通长途电话，越洋跨洲，就直接拨到暴风雪的那一端，去"寒暄"一番，并且报告高雄家里的现况，例如父亲刚去墨西哥开会，或是下星期要去川大演讲，她也要同行。有时她一夜电话，打遍了西欧北美，耳听四国，把我们这"日不落家"的最新动态收集汇整。

看着做母亲的曳着电线，握着听筒，跟九千里外的女儿短话长说，那全神贯注的姿态，我顿然领悟，这还是母女连心、一线密语的习惯。不过以前是用脐带向体内腹语，而现在，是用电缆向海外传音。

而除了脐带情结之外，更不断写信，并附寄照片或剪稿，有时还寄包裹，把书籍、衣饰、药品、隐形眼镜等等，像后勤支援前线一般，源源不绝向海外供应。类此的补给从未中止，如同最初，母体用胎盘向新生命送营养和氧气：绵绵的母爱，源源的母爱，唉，永不告竭。

所谓恩情，是爱加上辛苦再乘以时间，所以是有增无减，且因累积而变得深厚。所以《诗经》叹曰："欲报之德，昊天罔极？"

这一切的一切，从珊珊的第一声啼哭以前就开始了。若要彻底，就得追溯到四十五年前，当四个女婴的母亲初遇父亲，神话的封面刚刚揭开，罗曼史正当扉页。到女婴来时，便是美丽的插图了。第一图是父之囊。第二图是母之宫。第三图是育婴床，在内江街的妇产医院。第四图是摇婴篮，把四个女婴依次摇啊摇，没有摇到外婆桥，却摇成了少女，在厦门街深巷的一栋古屋。以后的插图就不用我多讲了。

这一幅插图，看哪，爸爸老了，还对着海峡之夜在灯下写诗。妈妈早入睡了，微闻鼾声。她也许正梦见从前，有一窝小白鼠跟她捉迷藏，躲到后来就走散了，而她太累，一时也追不回来。

一九九七年四月

我是余光中的秘书

"请问这是余光中教授的办公室吗?"

"是的。"

"请问余教授在吗?"

"对不起,他不在。"

"请问您是——"

"我是他的秘书。"

"那,请您告诉他,我们还没有收到他的同意书。我们是某某公司,同意书一个月前就寄给他了——"

接电话的人是我自己。其实我哪有什么秘书？这一番对答并非在充场面，因为我真的觉得，尤其是在近来，自己已经不是余光中，而是余光中的秘书了。

诗、散文、评论、翻译，一向是我心灵的四度空间。写诗和散文，我必须发挥创造力。写评论，要用判断力。做翻译，要用适应力。做这些事情的时候，我才自觉生命没有虚度。但是，记得把许可使用自己作品的同意书及时寄回，或是放下电话立刻把演讲或评审的承诺记上日历，这些纷繁的杂务，既不古典，也不浪漫，只是超现实，"超级的现实"而已，不过是秘书的责任罢了。可是我并没有秘书，只好自己来兼任了，不料杂务愈来愈烦，兼任之重早已超过专任。

退休三年以来，我在西子湾的校园仍然教课，每学期六个学分。上学期研究所的"翻译"，每周都要批改练习，而难缠的"十七世纪英诗"仍然需要备课。退休之后不再开会了，真是一大解脱。大头会让后生去开吧。回头看同事们脸色沉重，从容就义一般没入会议室，我有点幸免又有点愧疚之感。

演讲和评审却无法退休。今年我去苏州大学、东南大学、南京大学、厦门大学，甚至母乡常州的前黄高中，已经演讲了八场，又去香港讲了两场。如果加上在台湾各地的演讲，一共应该在二十场以上。但是我婉拒掉的邀约也有多起。其实演讲本身并不麻烦,三分学问靠七分口才,在讲之外更要会演。真是锦心绣口的话,听众愈多就愈加成功。至于讲后的问答与签名,只是余波而已。麻烦的倒是事先主办者会来追讨讲题与资料,事后又寄来一叠零乱的记录要求修正。所谓"事后",有时竟长达一年之后,简直阴魂不散,真令健忘的讲者"忧出望外",只好认命修稿,将出口之言用驷马来追。

近年去各校演讲,高中多于大学。倒不是大学来邀的较少,而是因为中山大学①的历任校长高估了我,以为我多去高中会吸引毕业生来投考中山。所以我去高中演讲,有点"出差"的意味。其实高中生听讲更认真,也更纯真。大学生呢,我在各大学已经教了四十年,可谓长期的演讲了。

评审是一件十分重要但未必有趣的事情。文学奖的评审不但要为本届的来稿定位,还会影响下届来稿的趋势,当然必须用心。如果来稿平平,或者故弄玄虚,或者耽于流行的招数,评审委员就会感到失望甚至忧心。但若来稿不无佳作甚至珍品,甚至不逊于当代的名作,则评审委员当有发掘新秀的惊喜,并

---

① 中山大学:指台湾中山大学。——编者注

期待能亲手把奖颁给这新人。被主办单位指定为得奖作品写评语，也不一定是赏心乐事，因为高潮已退，你还得从头到尾把那些诗文详阅一遍，然后才能权衡轻重，指陈得失。万一你的首选只得了佳作，而独领冠军的那篇你并不激赏甚至不以为然，你这篇评语又怎能写得"顾全大局"呢？

另一种评审要看的是学术论文，有的是为学位，有的是为升等，总之都要保密。看学位论文是为了要做口试委员，事先需要保密，事后就公开了。但是看升等论文，则不分事先事后，都得三缄金口，事态非常严重。这种任务纯然黑箱作业，可称"幕后学术"，其为秘密，不能像绯闻那样找好友分享。讽刺的是，金口虽缄，其金却极少，比起文学奖的评审费来，不过像零头，加以又须守密，所以也可称"黑金学术"。这也罢了，只是学术机构寄来的洋洋论文，外加各种资料，尽管有好几磅重，有时并不附回邮信封。我既无秘书，又无"行政资源"，哪里去找够大够牢的封袋来回寄呢？

"你为什么不叫助教代劳呢？还这么亲力亲为！"朋友怪我。

倒好像我还是当年的系主任或院长，众多得力的助教，由得我召之即来，遣之即去。其实，系里的助教与工读生都能干而又勤快，每天忙得像陀螺打转，还不时要为我转电话，或者把各方对我的邀约与催迫写成字条贴在我的信箱上。这些已经是他们额外的负担,我怎能加重要求?

我当然也分配到一位"助理"。礼文是外文系的博士生,性格开朗,做事明快,更难得的是体格之好非其他准博女、准硕女能及。她很高兴也实际为我多方分劳,从打字到理书,服务项目繁多。不过她毕竟学业繁重,不能像秘书一样周到,只能做"钟点零工"。

所以无尽无止无始无终的疑难杂事,将无助的我困于重围,永不得出。令人绝望的是,这些牛毛琐细,旧积的没有减少,新起的却不断增多,而且都不甘排队,总是横插进来。

以前出书,总在台湾,偶在香港。后来两岸交流日频,十年来我在大陆出书已经快二十种,有的是单本,有的是成套,几乎每一省都出了。而每次出书,从通信到签合同,从编选到写序到提供照片,有时还包括校对在内,牵涉的杂务可就多了。像上海文艺出版社出的一套三本,末校寄给我过目。一看之下,问题仍多,令我无法袖手,只好出手自校。一千二百页的简体字本,加上两岸在西方专有名词上的译音各有一套,早已"一国两制"了,何况还有许多细节涉及敏感问题,因此校对之繁,足足花了我半个月的时间。

同时在台湾，新书仍然在出。最新的一本《含英吐华》是我为十二届梁实秋翻译奖所写评语的全集，三百多页诗文相缪，中英间杂，也校了我一个礼拜。幸好我的书我存都熟悉，一部《梵谷传》三十多万字，四十年前她曾为我誊清初稿，去年大地出最新版，又帮我细校了一遍，分劳不少。

天下文化出版了《茱萸的孩子》，意犹未尽，又约傅孟丽再撰一本小巧可口的《水仙情操——诗话余光中》。高雄市文献委员会把对我的专访又当做口述历史，出版了一本《让春天从高雄出发》。不久广州的花城出版社又推出徐学所著《火中龙吟——余光中评传》。九月间尔雅出版社即将印行陈幸蕙在《幼狮文艺》与《明道文艺》上连刊了三年的《悦读余光中：诗卷》。四本书的校稿，加起来不止千页，最后都堆上我的红木大书桌，要"传主"或"始作俑者"亲自过目，甚至写序。结果是买一送一：我难改啄木鸟的天性，当然顺便校对了一遍。

校对似乎是可以交给秘书或研究生去代劳的琐事，其实不然。校对不但需要眼明心细，耐得住烦，还需要真有学问，才能疑人之所不疑。一本书的高下，与其校对密切相关，如果校对粗率，怎能赢得读者的信心？我在台湾出书，一向亲自末校，务求谬误减至最少。大陆出书，近年校对的水准降低，有些出版社仓促成书,错字之多,不但刺眼,而且伤心。评家如果根据这样的"谬本"来写评,真会"谬以千里"。

另一件麻烦事就是照片。在视觉主宰媒体的时代,读者渐渐变成了观众,读物要是少了插图,就会显得单调,于是照片的需要大为增加。报刊索取照片,总是强调要所谓"生活照片",而且出版在即,催讨很紧。家中的照相簿与零散的照片,虽已满坑满谷,永远收拾不清,但要合乎某一特殊需要,却是只在此柜中,云深无觅处。我存耐下心来,苦搜了半夜,不是这张太年轻,那张太苍老,就是太暗,太淡,或者相中的人头太杂,甚至主角不幸眨眼,总之辛苦而不美满。难得找到一张真合用的,又担心会掉了或者受损。

而如果是出书,尤其是传记之类,要提供的"生活照片"就不是三两张可以充数的了。自己的照片从少到老,不免略古而详今,当然"古照"本来就少,只好如此。与家人的合照倒不难找,我存素来喜欢摄影,也勤于装簿。与朋友的合照要求其分配均衡,免得顾此失彼,却是一大艺术。但是出版社在编排上另有考虑,挑选之余,均衡自然难保。大批照片能够全数完璧归来,已经值得庆幸了。为了确定究竟寄了哪些照片出去,每次按年代先后编好号码、逐张写好说明,还得把近百张照片影印留底。有时一张照片年代不明，夫妻两人还得翻阅信史，再三求证。目前我的又一本传记正由河南某出版社在编排，为此而提供给他们的一大袋照片，许多都是一生难再的孤本，不知道什么时候才能浪子回家？

这许多分心而又劳神的杂务，此起彼落，永无宁时。他人代劳，毕竟有限，所以自己不能不来兼差，因而正业经常受阻，甚至必须搁在一边。这么一再败兴，诗意文心便难以为继了。我时常觉得，艺术是闲出来的，科技是忙出来的。"闲"当然不是指"懒"，而是俯仰自得、游心太玄、从容不迫的出神状态，正是灵感降临的先机与前戏。

现代人的资讯太发达，也太方便了，但是要吸收、消化、运用，却因此变得更忙。上网就是落网，终于都被那只狡诡的大蜘蛛吞没。啊不，我不要做什么三头六臂、八脚章鱼、千手观音。我只要从从容容做我的余光中。而做余光中，比做余光中的秘书要有趣多了。

二〇〇二年七月于高雄左岸

失帽记

二〇〇八年的世界有不少重大的变化,其间有得有失。这一年我自己年届八十,其间也得失互见:得者不少,难以细表,失者不多,却有一件难过至今。我失去了一顶帽子。

一顶帽子值得那么难过吗?当然不值得,如果是一顶普通的帽子,甚至是高价的名牌。但是去年我失去的那顶,不幸失去的那一顶,绝不普通。

帅气,神气的帽子我戴过许多顶,头发白了稀了之后尤其喜欢戴帽。一顶帅帽遮羞之功,远超过假发。邱吉尔[1]和戴高乐

---

[1] 邱吉尔:即丘吉尔。——编者注

同为二战之英雄，但是戴高乐戴了高帽尤其英雄，所以戴高乐戴高帽而乐之，也所以我从未见过戴高乐不戴高帽。

戴高乐那顶高卢军帽丢过没有，我不得而知。我自己好不容易选得合头的几顶帅帽，却无一久留，全都不告而别。其中包括两顶苏格兰呢帽，一顶大概是掉在英国北境某餐厅，另一顶则应遗失在莫斯科某旅馆。还有第三顶是在加拿大维多利亚港的布恰花园所购，白底红字，状若戴高乐的圆筒鸭舌军帽而其筒较低：当日戴之招摇过市，风光了一时，后竟不明所终。

一个人一生最容易丢失也丢得最多的，该是帽与伞。其实伞也是一种帽子，虽然不戴在头上，毕竟也是为遮头而设，而两者所以易失，也都是为了主人要出门，所以终于和主人永诀，更都是因为同属身外之物，一旦离手离头，几次转身就给主人忘了。

帽子有关风流形象。独孤信出猎暮归，驰马入城，其帽微侧，吏人慕之，翌晨戴帽尽侧。千年之后，纳兰性德的词集亦称《侧帽》。孟嘉重九登高，风吹落帽，浑然不觉。桓温命孙盛作文嘲之，孟嘉也作文以答，传为佳话，更成登高典故。杜甫七律《九日蓝田崔氏庄》并有"羞将短发还吹帽，笑倩旁人为正冠"之句。他的《饮中八仙歌》更写饮者的狂态："张旭三杯草圣传，脱帽露顶王公前。"尽管如此，失帽却与风流无关，只和落拓有份。

去年十二月中旬，香港中文大学图书馆为我八秩庆生，举办了书刊手稿展览，并邀我重回沙田去签书、演讲。现场相当热闹，用媒体流行的说法，就是所谓人气颇旺。联合书院更编印了一册精美的场刊，图文并茂地呈现我香港时期十一年，在学府与文坛的各种活动，题名《香港相思——余光中的文学生命》，在现场送给观众。典礼由黄国彬教授代表文学院致词，除了联合书院冯国培院长、图书馆潘明珠副馆长、中文系陈雄根主任等主办人之外，与会者更包括了昔日的同事卢玮銮、张双庆、杨钟基等，令我深感温馨。放眼台下，昔日的高足如黄坤尧、黄秀莲、樊善标、何杏枫等，如今也已做了老师，各有成就，令人欣慰。

演讲的听众多为学生，由中学老师带领而来。讲毕照例要签书，为了促使长龙蠕动得较快，签名也必须加速。不过今日的粉丝不比往年，索签的要求高得多了：不但要你签书、签笔记本、签便条、签书包、签学生证，还要题上他的名字、他女友的名字，或者一句赠言，当然，日期也不能少。那些名字往往由索签人即兴口述，偏偏中文同音字最多。"什么whay[①]？恩

[①] whay：此为台湾拼音写法，相当于"huì"。——编者注

惠的惠吗？""不是的，是智慧的慧。""也不是，是恩惠的惠加草字头。"乱军之中，常常被这么乱喊口令。不仅如此，一粉丝在桌前索签，另一粉丝却在你椅后催你抬头、停笔、对准众多相机里的某一镜头，与他合影。笑容尚未收起，而夹缝之中又有第三只手伸来，要你放下一切，跟他"交手"。

这时你必须全神贯注，以免出错。你的手上，忽然是握着自己的笔，忽然是他人递过来的，所以常会掉笔。你想喝茶，却鞭长莫及。你想脱衣，却匀不出手。你内急已久，早应泄洪，却不容你抽身疾退。这时，你真难身外分身，来护笔、护表、护稿、扶杯。主办人焦待于漩涡之外，不知该纵容或喝止炒热了的粉丝。

去年底在中文大学演讲的那一次，听众之盛况不能算怎么拥挤，但也足以令我穷于应付，心神难专。等到曲终人散，又急于赶赴晚宴，不遑检视手提包及背袋，代提的主人又川流不息，始终无法定神查看。餐后走到户外，准备上车，天寒风起，需要戴帽，连忙逐袋寻找。这才发现，我的帽子不见了。

事后几位主人回去现场，又向接送的车中寻找，都不见帽子踪影。我存和我，夫妻俩像侦探，合力苦思，最后确见那帽子是在何时，何地，所以应该排除在某地，某时失去的可能，诸如此类过程。机场话别时，我仍不放心，还谆谆嘱咐潘明珠、樊善标，如果寻获，务必寄回高雄给我。半个月后，他们把我因"积重难返"而留下的奖牌、赠书、礼品等等寄到台湾。包裹层层解开，真相揭晓，那顶可怜的帽子，终于是丢定了。

仅仅为了一顶帽子，无论有多贵或是多罕见，本来也不会令我如此大惊小怪。但是那顶帽子不是我买来的，也不是他人送的，而是我身为人子继承得来的。那是我父亲生前戴过的，后来成了他身后的遗物，我存整理所发现，不忍径弃，就说动我且戴起来。果然正合我头，而且款式潇洒，毛色可亲，就一直戴下去了。

那顶帽子呈扁楔形，前低后高，戴在头上，由后脑斜压向前额，有优雅的缓缓坡度，大致上可称贝瑞软帽[①]（beret），常覆在法国人头顶。至于毛色，则圆顶部分呈浅陶土色，看来温暖体贴。四周部分则前窄后宽，织成细密的十字花纹，为淡米黄色。戴在我的头上，倜傥风流，有欧洲名士的超逸，不止一次赢得研究所女弟子的青睐。但帽内的乾坤，只有我自知冷暖，天气愈寒，尤其风大，帽内就愈加温暖，仿佛父亲的手掌正护

[①] 贝瑞软帽：即贝雷软帽。——编者注

在我头上，掌心对着脑门。毕竟，同样的这一顶温暖曾经覆盖过父亲，如今移爱到我的头上，恩佑两代，不愧是父子相传的忠厚家臣。

回顾自己的前半生，有幸集双亲之爱，才有今日之我。当年父亲爱我，应该不逊于母亲。但小时我不常在他身边，始终呵护着我庇佑着我的，甚至在抗战沦陷区逃难，生死同命的，是母亲。呵护之亲，操作之劳，用心之苦，凡她力之所及，哪一件没有为我做过？反之，记忆中父亲从来没打过我，甚至也从未对我疾言厉色，所以绝非什么严父。不过父子之间始终也不亲热。小时他倒是常对我讲论圣贤之道，勉励我要立志立功。长夏的蝉声里，倒是有好几次父子俩坐在一起看书：他靠在躺椅上看《纲鉴易知录》，我坐在小竹凳上看《三国演义》。冬夜的桐油灯下，他更多次为我启蒙，苦口婆心引领我进入古文的世界，点醒了我的汉魄唐魂。张良啦，魏徵啦，太史公啦，韩愈啦，都是他介绍我初识的。

后来做父亲的渐渐老了，做儿子的越长大了，各忙各的。他宦游在外，或是长期出差数下南洋，或担任同乡会理事长，投入乡情侨务；我则学府文坛，烛烧两头，不但三度旅美，而且十年居港，父子交集不多。自中年起他就因关节病苦于脚痛，时发时歇，晚年更因青光眼近于失明。二十三年前，我接中山大学之聘，由香港来高雄定居。我存即毅然卖掉台北的故居，把我的父亲、她的母亲一起接来高雄安顿。

许多年来，父亲的病情与日常起居，幸有我存悉心照顾，并得我岳母操劳陪伴。身为他的独子，我却未能经常省视侍疾，想到五十年前在台大医院的加护病房，母亲临终时的泪眼，谆谆叮嘱："爸爸你要好好照顾。"实在愧疚无已。父亲和母亲鹣鲽情深，是我前半生的幸福所赖。只记得他们大吵过一次，却几乎不曾小吵。母亲逝于五十三岁，长她十岁的父亲，尽管亲友屡来劝婚，却终不再娶，鳏夫的寂寞守了三十四年，享年，还是忍年，九十七岁。

可怜的老人，以风烛之年独承失明与痛风之苦，又不能看报看电视以遣忧，只有一架古董收音机喋喋为伴。暗淡的孤寂中，他能想些什么呢？除了亡妻和历历的或是渺渺的往事。除了独子为什么不常在身边。而即使在身边时，也从未陪他久聊一会，更从未握他的手或紧紧拥抱住他的病躯。更别提四个可爱的孙女，都长大了吧，但除了幼珊之外，又能听得见谁的声音？

长寿的代价，是沧桑。

所以在遗物之中竟还保有他常戴的帽子，无异是继承了最重要的遗产。父亲在世，我对他爱得不够，而孺慕耿耿也始终未能充分表达。想必他深心一定感到遗憾，而自他去后，我遗憾更多。幸而还留下这么一顶帽子，未随碑石俱冷，尚有余温，让我戴上，幻觉未尽的父子之情，并未告终，幻觉依靠这灵媒之介，犹可贯通阴阳，串连两代，一时还不致径将上一个戴帽人完全淡忘。这一份与父共帽的心情，说得高些，是感恩，说得重些，是赎罪。不幸，连最后的这一点凭借竟也都失去，令人悔恨。

寒流来时，风势助威，我站在岁末的风中，倍加畏冷。对不起，父亲。对不起，母亲。

二〇〇九年四月

第二章

万家灯火，人间百态

蝗族的盛宴

目前流行于我们这社会的所谓"婚礼",已经沦为一出毫无意义的闹剧,浪费时间和金钱之余,既不庄严,更无美感。

这样子的婚礼,如果准时参加,就要预备前后泡它个两三小时,挨饿是常事,该吃晚饭的时候还坐在那里闲嗑瓜子,更有"救火车找不到消防栓"之感。如果不按时去,又很可能满桌的陌生人挤在一起,终席言语无味,面目狰狞,饱尝现代诗人乐道的"孤绝感"。

就算时间配合得正好,婚礼刚刚开始吧。乐队的音乐照例公式化而又商业化。礼堂的布置照例金红交映,繁密而又庸俗,几句公式化的贺辞,几幅面目模糊的喜幛,烘托出一派廉价的喜气。司仪照例是一个贫嘴贱舌的小弄臣，自以为能把众人玩弄于股掌之上，事实上自己才是低级笑话的玩物。他开口了，那里面当然没有象牙。最最不堪的是所谓"证婚人致训词"。典型的证婚人，往往是一个自以为很重要的三四流人物，上得台来，免不了咿咿唔唔，吞吞吐吐，用他那六七流的"国语"，发表一篇自以为语妙天下的七八流的婚姻哲学。其实归纳他的高见，无非是鼓励那一对罚站听训的新人学苍蝇一样繁殖，以助这个地区的人口爆炸。无辜的新人就那么无助地站在那里，像不设防的城市那么任人轰炸。我们的青年也真可怜，从小就听训起，想不到在第一千零一训之后，眼看着就要进洞房的前一小时，仍逃不了最后这一劫。

至于下面的所谓贺客，本来大半都是受喜帖株连的无辜难民，"一表三千里"者有之，"一堂五百年"者亦有之。本来就不关痛痒，当然在下面分组座谈起来。上面是自说自话的证婚人，下面是东风马耳的群众，这种漠不关心的现象，说明了今日的结婚仪式，已经堕落到何种程度。

好不容易三四流人物的发表欲都获得了满足，于是蝗族的盛宴开始了。吃吧。吃吧。这才是婚礼的主要目的。蝗族团团坐定，很有一种"把丰年吃成荒年"的气概。有些大蝗虫更带来一批小蝗虫助食,算是一种"吃的教育",见习见习的意思。好在是先缴费后吃饭,"自食其钞",岂不理直气壮。"爱河永浴"吗?听那几百张口饕餮之声,恐怕是在赞美灶神,而不是爱神吧?

食毕。礼成。回家。

"对了,今晚的新郎姓王还是姓黄?"

"好像是姓汪吧。第一个讲话的是谁?"

"我不记得了。"

"海参煮得不够烂。还有,烤鸭也……"

"哎呀,我肚子疼!"

"家里的表飞鸣[①]快吃完了。司机,停一停。我去买瓶药就来。"

一九七二年二月

---

① 表飞鸣:即乳酶生,一种助消化药物。——编者注

借钱的境界

一提起借钱,没有几个人不胆战心惊的。有限的几张钞票,好端端地隐居在自己口袋里,忽然一只手伸过来把它带走,真教人一点安全感都没有。借钱的威胁不下于核子战争:后者毕竟不常发生,而且同难者众,前者的命中率却是百分之百,天下之大,那只手却是朝你一个人伸过来的。

借钱,实在是一件紧张的事,富于戏剧性。借钱是一种神经战,紧张的程度,可比求婚,因为两者都是秘密进行,而面临的答复,至少有一半可能是"不肯"。不同的是,成功的求婚人留下,永远留下,失败的求婚人离去,永远离去;可是借钱的人,无论成功或失败,永远有去无回,除非他再来借钱。

除非有奇迹发生，借出去的钱，是不会自动回来的。所谓"借"，实在只是一种雅称。"借"的理论，完全建筑在"还"的假设上。有了这个大胆假设，借钱的人才能名正言顺，理直气壮，贷钱的人才能心安理得，至少也不至于毫无希望。也许当初，借的人确有还的诚意，至少有一种决心要还的幻觉。等到借来的钱用光了，事过境迁，第二种幻觉便渐渐形成。他会觉得，那一笔钱本来是"无中生有"变出来的，现在要他"重归于无"变回去，未免有点不甘心。"谁教他比我有钱呢？"朦朦胧胧之中，升起了这个念头。"天之道损有余而补不足。人之道则不然，损不足以奉有余。"当初就是因为不足，才需要向人借钱，现在要还钱给人，岂非损不足以奉有余，简直有背天道了。日子一久，还钱的念头渐渐由淡趋无。

久借不还，"借"就变了质，成为——成为什么呢？"偷"吗？明明是当面发生的事情，不能叫偷。"抢"吗？也不能算抢，因为对方明明同意。借钱和这两件事最大的不同，就是后者往往施于陌生人，而前者往往行于亲朋之间。此外，偷和抢定义分明，只要出了手，罪行便告成立。久借不还——也许就叫"赖"吧？——对"受害人"的影响虽然相似，其"罪"本身却是渐渐形成的。只要借者心存还钱之念,那么,就算事过三年五载,"赖"的行为仍不能成立。"不是不还,而是还没有还。"这中间的道理,真是微妙极了。

借钱,实在是介于艺术和战术之间的事情。其实呢,贷方比借方更处于不利之境。借钱之难,难在启齿。等到开了口,不,开了价,那块"热山芋"就抛给对方了。借钱需要勇气,不借,恐怕需要更大的勇气吧。这时,"受害人"的贷方,惶恐觳觫,嗫嚅沉吟,一副搜索枯肠,借词推托的样子。技巧就在这里了。资深的借钱人反而神色泰然,眈眈注视对方,大有法官逼供犯人之概。在这种情势下,无论那"犯人"提出什么理由,都显得像在说谎。招架乏力,没有几个人不终于乖乖拿出钱来的。所谓"终于",其实过程很短,"不到一盏茶工夫",客人早已得手。"月底一定奉还",到了门口,客人再三保证。"不忙不忙,慢慢来。"主人再三安慰,大有孟尝君的气派。

当然是慢慢来,也许就不再来了。问题是,孟尝君的太太未必都像孟尝君那么大度。而那笔钱,不大不小,本来也许足够把自己久想购买却迟疑不忍下手的一样东西买回家来,现在竟入了他人囊中，好不恼人。月底早过去了。等那客人来还吗？不可能。催他来还吗？那怎么可以！借钱不还，最多引起众人畏惧，说不定还能赢人同情。至于向人索债，那简直是卑鄙，守财奴的作风，将不见容于江湖。何况索债往往失败；失财于前，失友于后，花钱去买绝交，还有更愚蠢的事吗？

既然是这样，借钱出去，就不该等人来还。所谓"借钱"给人，事实上等于"送钱"给人，区别在于："借钱"给人，并不能赢得慷慨的美名，更不能赢得借者的感激，因为"借"是期待"还"的，动机本来就不算高贵。参透了这点道理，真正聪明的人，应该干脆送钱，而绝不借钱给人。钱，横竖是丢定了，何不磊磊落落，大大方方，丢得有声有色，"某某真够朋友！"听起来岂不过瘾。

当然，借钱的一方也不是毫无波折的。面露寒酸之色，口吐嗫嚅之言，所索又不过升斗之需，这是"低姿势"的借法，在战术上早落了下风。在借贷的世界里，似乎有一个公式，那就是，开价愈低，借成功的机会愈小。照理区区之数，应该很容易借到，何至碰壁。问题在于，开价既低，来客的境遇穷蹇可知，身份也必然卑微。"兔子小开口"，充其量不过要一根胡萝卜吧。谁耐烦去敷衍一只兔子呢？

如果来者是一个资深的借钱人，他就懂得先要大开其口。"已经在别处筹了七八万，能不能再调两万五千，让我周转一下？"狮子搏兔，喧宾夺主，一时形势互易，主人忽然变成了一只小兔子。小兔子就算捐躯成仁，恐怕也难塞大狮的牙缝。这样一来，自卑感就从客人转移到主人，借钱的人趾高气扬，出钱的人反而无地自容了。"真对不起，近来我也——（也怎么样呢？'捉襟见肘'吗？还是'三餐不继'呢？又不是你在借钱，何苦这么自贬？）——我也——先拿三千去，怎么样？"一面舌结唇颤，等待狮子宣判。"好吧。就先给我——五千好了。"两万五千减成一个零头，显得既豪爽，又体贴，感激的反而是主人。潜意识里面，好像是客人免了他两万，而不是他拿给客人五千。这是"中姿势"的借法。

至于"高姿势"，那里面的学问就太大了，简直有一点天人之际的意味。善借者不是向私人，而是向国家借。借的借口不再是一根胡萝卜，而是好几根烟囱。借的对象不再是一个人，而是千百万人。债主的人数等于人口的总数，反而不像欠任何人的钱了。至于怎么还法，甚至要不要还，岂是胡萝卜的境界所能了解的。

此之谓"大借若还"。

一九七二年三月

朋友四型

一个人命里不见得有太太或丈夫，但绝对不可能没有朋友。即使是荒岛上的鲁滨孙，也不免需要一个"礼拜五"。一个人不能选择父母，但是除了鲁滨孙之外，每个人都可以选择自己的朋友。照说选来的东西，应该符合自己的理想才对，但是事实又不尽然。你选别人，别人也选你。被选，是一种荣誉，但不一定是一件乐事。来按你门铃的人很多，岂能人人都令你"喜出望外"呢？大致说来，按铃的人可以分为下列四型：

第一型，高级而有趣。这种朋友理想是理想，只是可遇而不可求。世界上高级的人很多，有趣的人也很多，又高级又有趣的人却少之又少。高级的人使人尊敬，有趣的人使人欢喜，又高级又有趣的人，使人敬而不畏，亲而不狎，交结愈久，芬芳愈醇。譬如新鲜的水果，不但甘美可口，而且富于营养，可谓一举两得。朋友是自己的镜子。一个人有了这种朋友，自己的境界也低不到哪里去。东坡先生杖履所至，几曾出现过低级而无趣的俗物？

第二型，高级而无趣。这种人大概就是古人所谓的诤友，甚至畏友了。这种朋友，有的知识丰富，有的人格高超，有的呢，"品学兼优"像一个模范生，可惜美中不足，都缺乏那么一点儿幽默感，活泼不起来。你总觉得，他身上有那么一个窍没有打通，因此无法豁然恍然，具备充分的现实感。跟他交谈，既不像打球那样，你来我往，此呼彼应，也不像滚雪球那样，把一个有趣的话题愈滚愈大。精力过人的一类，只管自己发球，不管你接不接得住。消极的一类则以逸待劳，难得接你一球两球。无论对手是积极或消极，总之该你捡球，你不捡球，这场球是别想打下去的。这种畏友的遗憾，在于趣味太窄，所以跟你的"接触面"广不起来。天下之大，他从城南到城北来找你的目的，只在讨论"死亡在法国现代小说中的特殊意义"，或是"爱斯基摩人对于性生活的态度"。为这种畏友捡一晚上的球,疲劳是可以想见的。这样的友谊有点像吃药,太苦了一点。

第三型,低级而有趣。这种朋友极富娱乐价值,说笑话,他最黄;说故事,他最像;消息,他最灵通;关系,他最广阔;好去处,他都去过;坏主意,他都打过。世界上任何话题他都接得下去,至于怎么接法,就不用你操心了。他的全部学问,就在不让外行人听出他没有学问。至于内行人,世界上有多少内行人呢?所以他的马脚在许多客厅和餐厅里跑来跑去,并不怎么露眼。这种人最会说话,餐桌上有了他,一定宾主尽欢,大家喝进去的美酒还不如听进去的美言那么"沁人心脾"。会议上有了他,再空洞的会议也会显得主题正确,内容充沛,没有白开。如果说,第二型的朋友拥有世界上全部的学问,独缺常识,这一型的朋友则恰恰相反,拥有世界上全部的常识,独缺学问。照说低级的人而有趣味,岂非低级趣味,你竟能与他同乐,岂非也有低级趣味之嫌?不过人性是广阔的,谁能保证自己毫无此种不良的成分呢?如果要你做鲁滨孙,你会选第三型还是第二型的朋友做"礼拜五"呢?

第四型,低级而无趣。这种朋友,跟第一型的朋友一样少,或然率①相当之低。这种人当然自有一套价值标准，非但不会承认自己低级而无趣，恐怕还自以为又高级又有趣呢。然则，余不欲与之同乐矣。

一九七二年五月

---

① 或然率：即概率。——编者注

幽默的境界

据说秦始皇有一次想把他的苑囿扩大,大得东到函谷关,西到今天的凤翔和宝鸡。宫中的弄臣优旃说:"妙极了!多放些动物在里面吧。要是敌人从东边打过来,只要教麋鹿用角去抵抗,就够了。"秦始皇听了,就把这计划搁了下来。

这么看来,幽默实在是荒谬的解药。委婉的幽默,往往顺着荒谬的逻辑夸张下去,使人领悟荒谬的后果。优旃是这样,淳于髡、优孟是这样,包可华也是这样。西方有一句谚语,大意是说:解释是幽默的致命伤,正如幽默是浪漫的致命伤。虚张声势,故作姿态的浪漫,也是荒谬的一种。凡事过分不合情理,或是过分违背自然,都构成荒谬。荒谬的解药有二:第一是坦白指摘，第二是委婉讽喻，幽默属于后者。什么时候该用前者，什么时候该用后者，要看施者的心情和受者的悟性。心情好，婉说，心情坏，直说。对聪明人，婉说，对笨人只有直说。用幽默感来评人的等级，有三等。第一等有幽默的天赋，能在荒谬里觑见幽默。第二等虽不能创造幽默，却多少能领略别人的幽默。第三等连领略也无能力。第一等是先知先觉，第二等是后知后觉，第三等是不知不觉。如果幽默感是磁性，第一等便是吸铁石，第二等是铁，第三等便是一块木头了。这么看来，秦始皇还勉强可以归入第二等，至少他领略了优旃的幽默感。

第三等人虽然没有幽默感，对于幽默仍然很有贡献，因为他们虽然不能创造幽默，却能创造荒谬。这世界，如果没有妄人的荒谬表演，智者的幽默岂不失去依据？晋惠帝的一句"何不食肉糜？"惹中国人嗤笑了一千多年。晋惠帝的荒谬引发了我们的幽默感：妄人往往在不自知的情况下，牺牲自己，成全别人，成全别人的幽默。

虚妄往往是一种膨胀作用，相当于螳臂当车，蛇欲吞象。幽默则是一种反膨胀（deflationary）作用，好像一帖泻药，把一个胖子泻成一个瘦子那样。可是幽默并不等于尖刻，因为幽默针对的不是荒谬的人,而是荒谬本身。高度的幽默往往源自高度的严肃,不能和杀气、怨气混为一谈。不少人误认尖酸刻薄为幽默,事实上,刀光血影中只有恨,并无幽默。幽默是一个心热手冷的开刀医生,他要杀的是病,不是病人。

把英文humour译成幽默,是神来之笔。幽默而太露骨太嚣张,就失去了"幽"和"默"。高度的幽默是一种讲究含蓄的艺术,暗示性愈强,艺术性也就愈高。不过暗示性强了,对于听者或读者的悟性,要求也自然增高。幽默也是一种天才,说幽默的人灵光一闪,绣口一开,听幽默的人反应也要敏捷,才能接个正着。这种场合,听者的悟性接近禅的"顿悟";高度的幽默里面,应该隐隐含有禅机一类的东西。如果说者语妙天下,听者一脸茫然,竟要说者加以解释或者再说一遍,岂不是天下最扫兴的事情?所以说,"解释是幽默的致命伤"。世界上有两种话必须一听就懂,因为它们不堪重复:第一是幽默的话,第二是恭维的话。最理想也是最过瘾的配合,是前述"幽默境界"的第二等人围听第一等人的幽默:说的人说得精彩,听的人也听得尽兴,双方都很满足。其他的配合,效果就大不相同。换了第一等人面对第三等人,一定形成冷场,且令说者懊悔自己"枉抛珍珠付群猪"。不然便是第二等人面对第一等人而竟想语娱四座，结果因为自己的"幽默境界"欠高，只赢得几张生硬的笑容。要是说者和听者都是第一等人呢？"顿悟"当然不成问题，只是语锋相对，机心竞起，很容易导致"幽默比赛"的紧张局面。万一自己舌翻谐趣，刚刚赢来一阵非常过瘾的笑声，忽然邻座的一语境界更高，利用你刚才效果的余势，飞腾直上，竟获得更加热烈的反应，和更为由衷的赞叹，则留给你的，岂不是一种"第二名"的苦涩之感？

幽默，可以说是一个敏锐的心灵，在精神饱满生趣洋溢时的自然流露。这种境界好像行云流水，不能做假，也不能苦心经营，事先筹备。世界上有的是荒谬的事，虚妄的人；诙谐天成的心灵，自然左右逢源，取用不尽。幽默最忌的便是公式化，譬如说到丈夫便怕太太，说到教授便缺乏常识，提起官吏，就一定要刮地皮。公式化的幽默很容易流入低级趣味，就像公式化的小说中那些人物一样，全是欠缺想象力和观察力的产品。我有一个远房的姨丈，远房的姨丈有几则公式化的笑话，那几则笑话有一个忠实的听众，他的太太。丈夫几十年来翻来覆去说的，总是那几则笑话，包括李鸿章吐痰韩复榘训话等等，可是太太每次听了，都像初听时那样好笑，令丈夫的发表欲得到充分的满足。夫妻两人显然都很健忘，也很快乐。

　　一个真正幽默的心灵，必定是富足，宽厚，开放，而且圆通的。反过来说，一个真正幽默的心灵，绝对不会固执成见，一味钻牛角尖，或是强词夺理，厉色疾言。幽默，恒在俯仰指顾之间，从从容容，潇潇洒洒，浑不自觉地完成：在一切艺术之中。幽默是距离宣传最远的一种。"舍我其谁？"的英雄气概，和幽默是绝缘的。宁曳尾于涂中，不留骨于堂上；非梧桐之不止，岂腐鼠之必争？庄子的幽默是最清远最高洁的一种境界，和一般弄臣笑匠不能并提。真正幽默的心灵，绝不抱定一个角度去看人或看自己，他不但会幽默人，也会幽默自己，不但嘲笑人，也会释然自嘲，泰然自贬，甚至会在人我不分物我交融的忘我境界中，像钱默存所说的那样，欣然独笑。真具幽默感的高士，往往能损己娱人，参加别人来反躬自笑。创造幽默的人，竟能自备荒谬，岂不可爱？吴炳钟先生的语锋曾经伤人无算。有一次他对我表示，身后当嘱家人在自己的骨灰坛上刻"原谅我的骨灰"（Excuse my dust）一行小字，抱去所有朋友的面前谢罪。这是吴先生二十年前的狂想，不知道他现在还要不要那样做？这种狂想，虽然有资格列入《世说新语》的"任诞篇"，可是在幽默的境界上，比起那些扬言愿捐骨灰做肥料的利他主义信徒来，毕竟要高一些吧。

其他的东西往往有竞争性，至少幽默是"水流心不竞"的。幽默而要竞争，岂不令人啼笑皆非？幽默不是一门三学分的学问，不能力学，只可自通，所以"幽默专家"或"幽默博士"是荒谬的。幽默不堪公式化，更不堪职业化，所以笑匠是悲哀的。一心一意要逗人发笑，别人的娱乐成了自己的责任，那有多么紧张？自生自发无为而为的一点谐趣，竟像一座发电厂那样日夜供电，天机沦为人工，有多乏味？就算姿势升高，幽默而为大师，也未免太不够幽默了吧。文坛常有论争，唯"谐坛"不可论争。如果有一个"幽默协会"，如果会员为了竞选"幽默理事"而打起架来，那将是世界上最大的荒唐，不，最大的幽默。

一九七二年六月

开你的大头会

世界上最无趣的事情莫过于开会了。大好的日子，一大堆人被迫放下手头的急事、要事、趣事，济济一堂，只为听三五个人逞其舌锋，争辩一件议而不决、决而不行、行而不通的事情，真是集体浪费时间的最佳方式。仅仅消磨光阴倒也罢了，更可惜的是平白扫兴，糟蹋了美好的心情。会场虽非战场，却有肃静之气，进得场来，无论是上智或下愚，君子或小人，都会一改常态，人人脸上戴着面具，肚里怀着鬼胎，对着冗赘的草案、苛细的条文，莫不咬文嚼字，反复推敲，务求措辞严密而周详，滴水不漏，一劳永逸，把一切可钻之隙、可趁之机统统堵绝。

开会的心情所以好不了，正因为会场的气氛只能够印证性恶的哲学。济济多士埋首研讨三小时，只为了防范冥冥中一个假想敌，免得他日后利用漏洞，占了大家的，包括你的，便宜。开会，正是民主时代的必要之恶。名义上它标榜尊重他人，其实是在怀疑他人，并且强调服从多数，其实往往受少数左右，至少是搅局。

除非是终于付诸表决，否则争议之声总不绝于耳。你要闭目养神，或游心物外，或思索比较有趣的问题，并不可能。因为万籁之中人声最令人分心，如果那人声竟是在辩论，甚或指摘，那就更令人不安了。在王尔德的名剧《不可儿戏》里，脾气古怪的巴夫人就说："什么样的辩论我都不喜欢。辩来辩去，总令我觉得很俗气，又往往觉得有道理。"

意志薄弱的你，听谁的说辞都觉得不无道理，尤其是正在侃侃的这位总似乎胜过了上面的一位。于是像一只小甲虫落入了雄辩的蛛网，你放弃了挣扎，一路听了下去。若是舌锋相当，场面火爆而高潮迭起，效果必然提神。可惜讨论往往陷于胶着，或失之琐碎，为了"三分之二以上"或"讲师以上"要不要加一个"含"字，或是垃圾的问题要不要另组一个委员会来讨论，而新的委员该如何产生才具有"充分的代表性"等等，节外生枝，又可以争议半小时。

如此反复斟酌，分发（hair-splitting）细究，一个草案终于通过，简直等于在集体修改作文。可惜成就的只是一篇面无表情更无文采的平庸之作，绝无漏洞，也绝无看头。所以没有人会欣然去看第二遍。也所以这样的会开完之后，你若是幽默家，必然笑不出来，若是英雄，必然气短，若是诗人，必然兴尽。

开会的前几天，一片阴影就已压上我的心头，成了生命中不可承受之烦。开会的当天，我赴会的步伐总带一点从容就义。总之，前后那几天我绝对激不起诗的灵感。其实我的诗兴颇旺，并不是那样经不起惊吓。我曾经在监考的讲台上得句；也曾在越洋的七四七经济客舱里成诗，周围的人群挤得更紧密，靠得也更逼近。不过在陌生的人群里"心远地自偏"，尽多美感的距离，而排排坐在会议席上，摩肩接肘，咳唾相闻，尽是多年的同事、同人，论关系则错综复杂，论语音则闭目可辨，一举一动都令人分心，怎么容得你悠然觅句？叶慈[①]说得好："与他人争辩，乃有修辞；与自我争辩，乃有诗。"修辞是客套的对话，

---

① 叶慈：即叶芝。——编者注

而诗,是灵魂的独白。会场上流行的既然是修辞,当然就容不得诗。

所以我最佩服的,便是那些喜欢开会、擅于开会的人。他们在会场上总是意气风发,雄辩滔滔,甚至独揽话题,一再举手发言,有时更单挑主席缠斗不休,陷议事于瓶颈,置众人于不顾,像唱针在沟纹里不断反复,转不过去。

而我,出于潜意识的抗拒,常会忘记开会的日期,惹来电话铃一迭连声催逼,有时去了,却忘记带厚重几近电话簿的议案资料。但是开会的烦恼还不止这些。

其一便是抽烟了。不是我自己抽,而是邻座的同事在抽,我只是就近受其熏陶,所以准确一点,该说闻烟,甚至呛烟。一个人对于邻居,往往既感觉亲切又苦于纠缠,十分矛盾。同事也是一种邻居,也由不得你挑选,偏偏开会时就贴在你隔壁,却无壁可隔,而有烟共吞。你一面呛咳,一面痛感"远亲不如近邻"之谬,应该倒过来说"近邻不如远亲"。万一几个近邻同时抽吸起来,你就深陷硝烟火网,呛咳成一个伤兵了。好在近几年来,社会虽然日益沉沦,交通、治安每况愈下,公共场所禁烟却大有进步,总算除了开会一害。

另一件事是喝茶。当然是各喝各的,不受邻居波及。不过会场奉茶，照例不是上品，同时在冷气房中迅趋温吞，更谈不上什么品茗，只成灌茶而已。经不起工友一遍遍来壶添，就更沦为牛饮了。其后果当然是去"造水"，乐得走动一下。这才发现，原来会场外面也很热闹，讨论的正是场内的事情。

其实场内的枯坐久撑，也不是全然不可排遣的。万物静观，皆成妙趣，观人若能入妙，更饶奇趣。我终于发现，那位主席对自己的袖子有一种，应该是不自觉的，紧张心结，总觉得那袖口妨碍了他，所以每隔十分钟左右，会忍不住突兀地把双臂朝前猛一伸直，使手腕暂解长袖之束。那动作突发突收，敢说同事们都视而不见。我把这独得之秘传授给一位近邻，两人便兴奋地等待，看究竟几分钟之后会再发作一次。那近邻观出了瘾来，精神陡增，以后竟然迫不及待，只等下一次开会快来。

不久我又发现，坐在主席左边的第三位主管也有个怪招。他一定是对自己的领子有什么不满，想必是妨碍了他的自由，所以每隔一阵子，最短时似乎不到十分钟。总情不自禁要突抽颈筋，迅转下巴，来一个"推畸"（twitch）或"推死它"（twist），①把衣领调整一下。这独家奇观我就舍不得再与人分享

---

① twitch 意为痉挛，twist 意为扭曲。——编者注

了，也因为那近邻对主席的"推手式"已经兴奋莫名，只怕再加上这"推畸"之扭他负担不了，万一神经质地爆笑起来，就不堪设想了。

当然，遣烦解闷的秘方，不止这两样。例如耳朵跟鼻子人人都有，天天可见，习以为常竟然视而不见了。但在众人危坐开会之际，你若留神一张脸接一张脸巡视过去，就会见其千奇百怪，愈比愈可观，正如对着同一个字凝神注视，竟会有不识的幻觉一样。

会议开到末项的"临时动议"了。这时最为危险，只怕有妄人意犹未尽，会无中生有，活部转败，竟然敢冒天下之大不韪，提出什么新案来。

幸好没有。于是会议到了最好的部分：散会。于是又可以偏安半个月了，直到下一次开会。

一九九七年四月于西子湾

钞票与文化

1

《世说新语》说王夷甫玄远自高，口不言钱，只叫它作"阿堵物"。换了现代口语，便是"这东西"。中国人把富而伧俗讥为"铜臭"，英文也有"臭钱"（stinking money）之说，所以说人钱多是"富得发臭"（stinking rich）。

英国现代诗人兼历史小说家格瑞夫斯①（Robert Graves）写诗不很得意，小说却雅俗共赏，十分畅销，甚至拍成电视。带

---

① 格瑞夫斯：即罗伯特·格雷夫斯。——编者注

点自嘲兼自宽，他说过一句名言："若说诗中无钱，钱中又何曾有诗。"

钱中果真没有诗吗，也不见得。有些国家的钞票上不但画了诗人的像，甚至还印上他的诗句。例如苏格兰五镑的钞票上就有彭斯画像，西班牙二千元钞票上正面是希美内思①的大头，反面还印出他诗句的手稿。

钞票上的人像未必是什么杰作，但往往栩栩传神，当然多是细线密点，属于工笔画一类。高敢②跟梵谷在黄屋里吵架，曾经讽刺梵谷："你的头脑跟你的颜料盒子一样混乱。欧洲每一个设计邮票的画家你都佩服。"高敢善辩，更会损人。他这么看不起邮票画家，想必对钞票画家也一视同其不仁。其实画家上钞票的也不算少：例如荷兰画家郝思③（Frans Hals）与法国画家拉杜赫④（Maurice Quentin de Latour）都上了本国的钞票；至于戴拉瓦库⑤与塞尚，也先后上了法郎，名画的片段更成了插图；

---

① 希美内思：即胡安·希梅内斯。——编者注
② 高敢：即高更。——编者注
③ 郝思：即弗朗斯·哈尔斯。——编者注
④ 拉杜赫：即莫里斯·康坦·德·拉图尔。——编者注
⑤ 戴拉瓦库：即欧仁·德拉克洛瓦。——编者注

比利时的安索①（James Ensor）也上了比利时法郎，带着他画中的面具和骷髅。

匆忙而又紧张的国际旅客，在计算汇率点数外币之余，简直没有时间更无闲情去辨认，那些七彩缤纷的钞票上，究竟画的是什么人头。其实他只要匆匆一瞥，知道那是五十马克或者一万里拉，已经够了。画像是谁，对币值有什么影响？如果他周游好几个国家，钞票上的人头就走马灯般不断更换，法郎上的还未看清，卢布上的新面孔已经跟你打招呼了。那些面孔的旁边，不一定附上人名。在这方面，法郎最有条理，一定注明是谁。苏格兰人就很奇怪：彭斯像旁有名，史考特②就没有。熟谙英国文学的人当然认得《撒克逊劫后英雄略》的作者，但是一般观光客又怎能索解？

意大利五万里拉的币面，是浓眉大眼、茂发美髯的人像，那敏感的眼神、陡峭的下颏，十足艺术家的倜傥。再看纸币背后的骑者雕像，颇似君士坦丁大帝，我已经猜到七分。但为确认无误，我又翻回正面，寻找人头旁边有无注名，却一无所获。

---

① 安索：即詹姆斯·恩索尔。——编者注
② 史考特：即司各特。——编者注

终于发现衣领的边缘，有一条弯弯的细线似断似续，形迹可疑。在两面放大镜的重叠之下，发现原来正是一再重复的名字Gian Lorenzo Bernini[1]，每个字母只有四分之一公厘[2]宽。这隐名术岂是粗心旅客所能识破？我相信，连意大利人自己也没有多少会起疑吧？

有些国家的钞票，即使把画像注上名字，也没有多少游客能解。例如希腊币五十元（Draxmai Penteconta）正面的头像，须发茂密而且卷曲如浪，正是海神波赛登[3]（Poseidon），可是下面注的超细名字却是希腊文 ΠΟΣΕΙΔΟΝ，就算在放大镜下勉强看出来了，也没有几人解得了码。更有趣的是：钞票上端的一行希腊文，意思虽然是"希腊银行"，但其国名不是我们习见的Greece，而是希腊人自称的Hellas（亦即中文译名所本），不过在现代希腊文里又简称Ellas，所以在钞票上的原文是 ΕΛΛΑΔΟΣ。至于一百元希币上的女战士头像，长发戴盔，鼻脊峭直，则是雅典的守护神雅典娜（Athena，全名Pallas Athena），旁边注的一行细字正是 ΑΘΗΝΑ ΠΕΙΡΑΙΩΣ。这两

---

[1] Gian Lorenzo Bernini：即乔凡尼·洛伦佐·贝尼尼。——编者注
[2] 公厘：即毫米。——编者注
[3] 波赛登：即波塞冬。——编者注

张希币令人想起：当初雅典建城，需要命名，海神波赛登与智慧兼艺术之神雅典娜争持不下。众神议定，谁献的礼最有益人类，就以谁命名。海神创造了马，雅典娜创造了橄榄树，众神选了雅典娜。也因此，一百元希币的背面画了美丽的橄榄枝叶。

2

民国以来，我们惯于在钞票上见到政治人物，似乎供上这样的"圣像"（icon）是天经地义。常去欧洲的旅客会发现：未必如此。大致说来，君主国家多用君主的头像，例如瑞典、丹麦、英国，但是荷兰与西班牙的君主只上硬币，却不上软钞。民主国家如法国、德国、意大利等都不让元首露面；像戴高乐这样的英雄，都没有上过法郎。

美钞虽然人人欢迎，但那绿钱上的面孔，除了百元上的富兰克林之外，清一色是政治人物，其中只有汉米尔顿不是总统。截然相反的是法郎。我收藏的八张法郎上面是这样的人物：十法郎，作曲家贝辽士①；廿法郎，作曲家杜布西②；五十法郎，画家拉杜赫；新五十法郎，作家圣爱修伯瑞③；一百法郎，画家戴拉库瓦；新一百法郎，画家塞尚；二百法郎，法学家孟德斯鸠；五百法郎，科学家居里夫妇。

英镑的风格则介于美国的泛政治与法国的崇人文之间：有科学家，也有文学家，但是只能出现在钞票的背面，至于正面，还得让给女王。最有趣的该是十英镑，共有新旧两版。新版上女王看来老些，像在中年后期；背后的画像则是晚年的狄更斯，下有文豪的签名，对面是名著《匹克威克俱乐部记事》④的插图，板球赛的一景。旧版上的女王青春犹盛；背后的画像竟是另一女子，发线中分，戴着白纱头巾，穿着护士长袍，眼神与唇态温婉中含着坚定，背景的画面则是她手持油灯在伤兵的病床间巡房，一圈圈的光晕洋溢如光轮。她正是南丁格尔：也只有她，才能和女王平分尊贵。更感人的是，把钞票迎光透视，可见水印似真似幻，浮漾的却是护士，不是女王。但是狄更斯

---

① 贝辽士：即柏辽兹。——编者注
② 杜布西：即德彪西。——编者注
③ 圣爱修伯瑞：即圣·埃克苏佩里。——编者注
④ 《匹克威克俱乐部记事》：即《匹克威克外传》。——编者注

那张，水印里是女王而非作家。女王像旁注的不是"伊丽莎白二世"，而是特别的缩写字样（E Ⅱ R），全写当为Elizabetha Regina（拉丁文，伊丽莎白女王）。

3

这么一路随兴说来，读者眼前若无这些缤纷的纸币，未免失之空洞，太不过瘾。不如让我选出三张最令我惊艳的来，说得细些，好落实我这"见钱开眼"的另类美学家，怎么在铜臭的钞票堆里嗅出芬芳的文化。

苏格兰五镑的钞票，正面是诗人彭斯（Robert Burns）的半身像，看来只有二十七八岁，脸颊丰满，眼神凝定，握着一管羽毛笔，好像写作正到中途，停笔沉思。翻到反面，只见暗绿的基调上，一只"硕鼠"乱须潦草，正匍匐于麦秆；背后的玫瑰枝头花开正艳。原来这些都是彭斯名作的主题。诗人出身农民，某次犁田毁了鼠窝，野鼠仓皇而逃。诗人写了《哀鼠》[①]（*To a Mouse*）一

---

① 《哀鼠》：即《致小鼠》。——编者注

首，深表歉意，诗末彭斯自伤身世，叹息自己也是前程茫茫，与鼠何异。诗中名句"人、鼠再精打细算，／到头来一样失算。"（The best-laid schemes o'mice an'men/Gang aft agley.）后来成了小说家史坦贝克《人鼠一例》（*Of Mice and Men*）书名的出处。至于枝头玫瑰，则是纪念彭斯的另一名作《吾爱像红而又红的玫瑰》[1]：其中"海干石化"之喻，中国读者当似曾相识。

这张钞票情深韵长，是我英诗班上最美丽的教材。

我三访西班牙，留下了三张西币：一百 peseta[2] 上的头像是作曲家法雅，一千元上是小说家高尔多思[3]，二千元上是诗人希美内思（Juan Ramon Jim é nez）。希美内思这一张以玫瑰红为基调，诗人的大头，浓眉盛须，巨眸隆准，极富拉丁男子刚亢之美。旁边有白玫瑰一，红玫瑰三，其二含苞未绽。反面也有一丛玫瑰，组合相同。但是最令我兴奋的，是右上角诗人的手迹：¡Allá va el olor de la rosa!/¡Cóje la en tu sinrazón! 书法酣畅奔放，且多连写，不易解读。承蒙淡江大学外语学院林耀福院长代向两位西班牙文教授乞援，得知诗意当为"玫瑰正飘香，且忘情赞

---

[1] 《吾爱像红而又红的玫瑰》：即《一朵红红的玫瑰》。——编者注
[2] peseta：一般译为比塞塔，西班牙在欧元流通前的法定货币。——编者注
[3] 高尔多思：即加尔多斯。——编者注

赏！"钞票而印上这么忘情的诗句，真不愧西班牙的浪漫。

一百法郎的旧钞上，正面居中是浪漫派大师戴拉库瓦的自画像，面容瘦削，神态在冷肃矜持之中不失高雅，一手掌着调色板，插着画笔。背景是他的名作《自由女神率民而战》[①]的局部，显示半裸的女神一手扬着法国革命的三色旗，一手握着长枪，领着巴黎的民众在硝烟中前进。背面则将他的自画像侧向左边，右手却握了一枝羽毛笔。这姿势表示他正在记他有名的《日记》，其中的艺术评论及艺术史料为后世所珍。

一个国家愿意把什么样的人物放上钞票，不但让本国人朝夕面对，也让全世界的旅客得以瞻仰，正说明那国家崇尚的是什么样的价值，值得我们好好研究。一个旅客如果忙得或懒得连那些人头都一概不识，就太可惜了。如此"瞎拼"一趟回来，岂非"买椟还珠"？

钞票上岂但有诗，还有艺术、有常识、有历史，还有许许多多可以学习，甚至破解的外文。

二〇〇三年六月四日

[①]《自由女神率民而战》：即《自由引导人民》。——编者注

谁能叫世界停止三秒？

如果镜子是无心的相机，所以健忘，那么相机就是多情的镜子，所以留影。这世界，对镜子只是过眼烟云，但是对相机却是过目不忘。如果当初有幸映照海伦的镜子是一架相机，我们就有福像希腊的英雄，得以餍足传说的绝色了。可怜古人，只能对着镜子顾影自怜，即使那惜色死[①]（Narcissus），也不过临流自恋，哪像现代人这样，自怜起来，总有千百张照片，不，千百面镜子，可供顾影。

在忙碌的现代社会，谁能叫世界停止三秒钟呢？谁也不能，

---

① 那惜色死：即纳西索斯。——编者注

除了摄影师。一张团体照,先是为让座扰攘了半天,好不容易都各就神位,后排的立者不是高矮悬殊,就是左右失称,不然就是谁的眼镜反光,或是帽穗不整,总之是教摄影师看不顺眼,要叫阵一般呼喝纠正。大太阳下,或是寒风之中,一连十几分钟,管你是君王还是总统,谁能够违背掌控相机的人呢?

"不要动!"

最后的一道命令有绝对的权威。谁敢动一根睫毛,做害群之马呢?这一声呼喝的威慑,简直像美国的警察喝止逃犯:Freeze[①]!真吓得众人决眦裂眶,笑容僵硬,再三吩咐Say cheese[②]也没用。相片冲出来了,一看,美中不足,总有人反应迟缓,还是眨了眼睛。人类正如希腊神话的百眼怪物阿格斯(Argus),总有几只眼睛是闭目养神的。

排排坐,不为吃果果,却为照群相。其结果照例是单调而乏味。近年去各地演讲,常受镁光闪闪的电击,听众轮番来合影,更成了"换汤不换药"的场面,久之深尝为药之苦。笑容本应风行水上,自然成纹,一旦努力维持,就变成了假面,沦

---

① Freeze:意为冻结、定格、停止。——编者注
② Say cheese:直译为"说奶酪",相当于中国人拍照时集体说"茄子"。——编者注

为伪善。久之我竟发明了一个应战的新招。

摄影师在要按快门之前，照例要喊"一——二——三！"这老招其实并不管用，甚至会帮倒忙，因为喊"一——二——"的时候，"摄众"已经全神戒备，等到喊"三！"表情早已呆滞，而笑容，如果真有的话，也早因勉强延长而开始僵化。所以群照千篇一律，总不免刻板乏味。倒是行动中的人像，例如腾跳的选手、引吭的歌手、旋身的舞者、举杖的指挥，表情与姿势就都自然而生动。

因此近年我接受摄影，常要对方省掉这记旧招，而改为任我望向别处，只等他一声叫"好！"我就蓦然回首，注视镜头。这样，我的表情也好，姿势也好，都是新的，即使笑容也是初绽。在一切都还来不及发呆之前，快门一闪，刹那早已成擒。

摄影，是一门艺术吗？当然是的。不过这门艺术，是神做一半，人做一半。对莫内来说，光，就是神。蒙鸿之初，神曰，天应有光，光乃生。断霞横空，月影在水，哲人冥思，佳人回眸，都是已有之景，已然之情，也就是说神已做了一半。但是要捕永恒于刹那，擒光影于恰好，还有待把握相机的高手。当奇迹发生，你得在场，你的追光宝盒得在手边，一掏便出，像西部神枪手那样。

阿富汗少女眼瞳奋睁的神色,既惊且怒,在《国家地理杂志》的封面上,瞪得全世界背脊发毛,良心不安。仅此一瞥,比起阿富汗派遣能言善辩的外交官去联合国控诉,更为有力,更加深刻,更像一场眼睁睁的梦魇。但是那奇迹千载难逢,一瞥便逝,不容你喊什么"一——二——三!"

其实摄影要成为艺术,至少成为终身难忘的纪念,镜头前面的受摄人,有时,也可以反客为主,有所贡献的。不论端坐或肃立,正面而又正色的人像,实在太常见了,为什么不照侧面或背影呢?今日媒体这么发达,记者拍照,电视摄影,久矣我已习于镜头的瞪视。记者成了业余导演,一会儿要我坐在桌前作写诗状,一会儿又要我倚架翻书;到了户外,不是要我独步长廊,便是要我憩歇在菩提树下,甚至伫立在堤上,看整座海峡在悲怆的暮色里把落日接走。我成了一个半吊子的临时演员,在自己的诗境里进进出出。久之我也会选择背景,安排姿势,或出其不意地回头挥手。

有一年带中山大学的学生去南非交流,到了祖鲁族的村落,大家都争与土著并立摄影。我认为那样太可惜了,便请一位祖鲁战士朝我挥戈,矛尖直指我咽喉,我则举手护头,作危急状。

一九八一年大陆开放不久,辛笛与柯灵随团去香港,参加中文大学主办的"四十年代文学研讨会"。辛笛当年出过诗集《手掌集》，我就此书提出一篇论文，因题生题，就叫《试为辛笛看手相》，大家觉得有趣。会后晚宴，摄影师特别为我与辛笛先生合照留念。突然我把他的右手握起，请他摊开掌心，任我指指点点，像是在看手相。辛笛大悦，众人大笑。

有一次在西子湾，钟玲为获奖文艺宴请系上的研究生，餐后师生轮流照相。何瑞莲与郑淑锦，一左一右，正要和我合影，忽然我的两肩同受压力，原来是瑞莲的右肘和淑锦的左臂一齐搁了上来。她们是见机即兴，还是早有阴谋，我不知道。总之这一招奇袭，令平日保守的师生一惊，一笑，并且为我家满坑满谷的照片添了有趣的一张。那天阳光颇艳，我戴了一副墨镜，有人看到照片，说我像个黑道大哥。

上个月回去中文大学，许云娴带我去新亚书院的新景点"天人合一"。她告诉我，金耀基校长夸称此乃香港第二景，人问第一景何在，金耀基笑曰："尚未发现。"我们走近"天人合一"，只觉水光潋滟，一片空明，怎么吐露港波满欲溢，竟然侵到校园的崖边来了？正感目迷神荡，惊疑未定，云娴笑说"且随我来"，便领我向空明走去。这才发现，原来崖边是一汪小池，泓澄清澈，满而未溢，远远看过来，竟有与海相接的幻觉。人工巧接天然，故云"天人合一"。一条小径沿着悬崖绕到池后，狭险之极。大家轮流危立在径道上，背海面池照起相来。轮到我时，我便跪了下来，把下巴搁在池边。照片冲出来后，只见我的头颅浮在浩渺之上，朋友乍见，一时都愕然不解。

人生一世，贪嗔兼痴，自有千般因缘，种种难舍。雪泥鸿爪，谁能留得住，记得清呢？记日记吗，太耗时了。摄影，不但快速，而且巨细不遗，倒是方便得多。黄金分割的一小块长方形，是一整个迷幻世界，容得下你的亲人、情人、友人；而更重要的，是你，这世界的主角，也在其中。王尔德说他一生最长的罗曼史，便是自恋。所以每个人都有无数的照片，尤其是自己的倩影。孙悟空可以吹毛分身，七十二变。现代人摄影分身，何止七十二变呢？家家户户，照片泛滥成灾，是必然的。

这种自恋的罗曼史，不像日记那样只堪私藏，反要公开炫示才能满足。主人要享炫耀之乐，客人就得尽观赏之责。几张零照倒不足畏，最可畏的，是主人隆而重之，抱出好几本相簿来飨客。眼看这展示会，餐罢最后的一道甜点，一时是收不了的了，客人只好深呼吸以迎战，不仅凝眸细赏，更要啧啧赞叹。如果运气好，主人起身去添茶或听电话，客人便可乘机一下子多翻几页。

一人之自恋，他人之疲倦。话虽如此，敝帚仍然值得自珍。我家照片泛滥，相簿枕藉，上万张是一定的，好几万也可能。年轻时照的太少，后来照的太多，近年照的有不少实在多余。其中值得珍藏并对之怀旧甚至怀古的，也该有好几百张。身为人子、人夫、人父、人祖、人友、人师，那些亲友与宝贝学生的照片当然最为可贵。但身为诗人，有两张照片，特别值得一提。

第一张是群照，摄于一九六一年初。当时我英译的《中国新诗选》在香港出版，台北办了一个茶会庆祝，邀请入选的诗人参加，胡适与罗家伦更以新文学前辈的身份光临。胡适并且是新诗的开山祖，会上免不了应邀致辞，用流利的英语，从追述新诗的发轫到鼓励后辈的诗人，说了十分钟话。有些入选的诗人，如瘂弦、阮囊、向明，那天未能出席，十分可惜。但上照的仍为多数，计有纪弦、钟鼎文、覃子豪、周梦蝶、夏菁、罗门、蓉子、洛夫、郑愁予、叶珊和我，共为十一人。就当年而言，大半个诗坛都在其中了。

另一张是我和佛洛斯特的合照，摄于一九五九年。当时我三十一岁，老诗人已经八十五了。他正面坐着，我则站在椅后，斜侍于侧。老诗人须发皆白，似在冥想，却不很显得龙钟。他手握老派的派克钢笔，正应我之请准备在我新买的《佛洛斯特诗集》上题字。我心里想的，是眼前这一头银丝，若能偷剪得数缕，回去分赠给台湾的诗友，这大礼可是既轻又重啊。

这张合照经过放大装框，高踞我书房的架顶，久已成了我的"长老缪思"；也是我家四个女儿"眼熟能详"的艺术图腾，跟梵谷、王尔德、披头四①一样。只有教美国诗到佛洛斯特时，才把他请下架来，拿去班上给小他一百一十岁的学生传观，使他们惊觉，书上的大诗人跟他们并非毫无关系。

胡适逝于一九六二，佛洛斯特逝于翌年。留下了照片，虽然不像留下了著作那么重要，却也是另一方式的传后，令隔代的读者更感亲切。从照片上看，翩翩才子的王尔德实在嫌胖了，不像他的警句那么锋芒逼人，不免扫兴。我常想，如果孔子真留下一张照片，我们就可以仔细端详，圣人究竟是什么模样，难道真如郑人所说，"累累若丧家之狗"？中国的历史太长，古代的圣贤豪杰不要说照片了，连画像也非当代的写真。后世画家所作的画像，该是依据古人的人品或风格揣摩而来，像梁楷的《太白行吟图》与苏六朋的《太白醉酒图》，虽为逸品，却

---

① 披头四：即披头士乐队，又称甲壳虫乐队。——编者注

是写意。杨荫深编著的《中国文学家列传》，五百二十人中附画像的约有五分之一，可是面貌往往相似，不出麻衣相法的典型脸谱，望之令人发笑。

英国工党的要角班东尼[①]（Tony Benn）有一句名言："人生的遭遇，大半是片刻的欢乐换来终身的不安；摄影，却是片刻的不安换来终身的欢乐。"难怪有那么多发烧的摄影迷不断地换相机，装胶卷，睁一眼，闭一眼，镁光闪闪，快门刷刷，明知这世界不断在逃走，却千方百计，要将它留住。

二〇〇三年十二月二十八日

---

① 班东尼：即托尼·本恩。——编者注

车上哺乳不雅？

近日报载，台北捷运的车厢里，一位年轻的母亲因怀中婴孩哭泣，当众袒胸哺乳。旁边有中年妇女不以为然，说她此举不雅，劝她不止，转请随车服务员来阻止。服务员说，并无规定车上不可如此。做母亲的解释，因为宝宝饿了，不得不喂他。中年妇女不甘心，下车后更向派出所投诉云云。

那位以礼教为己任的中年妇女，不知为何如此同性相逼。在当时的情况下，最要紧的应该是那婴孩饿了，得立刻授乳，否则他不但要挨饿下去，而且哭声不止，还会闹得许多乘客坐立不安。尽管如此，那中年妇女却认定此举不雅，必阻之才心甘。其实早在所谓男女授受不亲的时代，孟子也认为嫂溺可以援之以手,何况今日已是二十一世纪。

这倒令我想起,在西方文化源头的古希腊,一切雕像,不论是神是人,是男是女,莫不出于天体。后来基督教兴起,宗教画中最盛行的主题便是"圣母抱圣婴",有时候施洗约翰在侧,或天使二三飞翔不定,或木匠约瑟夫半隐其后,但最常见的是只有母子二人。我的印象是圣母只抱婴于怀,至于有没有当真哺乳,印象中却很少见。为了落实,我把伦敦"国家艺术馆"(National Gallery)出版的目录附图全集从头到尾逐页查了一遍,在两千两百幅藏画之中《圣母抱圣婴》之作至少在百帧以上,而真正在喂婴情景的竟有十四幅。也就是说,画题可称《圣母哺圣婴》者也屡见不鲜,其作者更包括名家,例如李丕[①](Filippino Lippi)和狄兴[②](Titian),还有达芬奇的从者和波提且利[③]的学徒。十四幅中,有的是袒胸而哺,也有掩多于袒,但乳头清晰可见,毫不含糊。如此可称"不雅"吗?捷运车上那妇女也许会应我一句:"至少圣母没有在车上当众授乳。"不错,圣母没有如此,但是《圣母哺圣婴》的画作却堂

---

① 李丕:即菲利皮诺·利皮。——编者注
② 狄兴:即提香。——编者注
③ 波提且利:即波提切利。——编者注

而皇之地高悬许多大教堂的壁上,一任信徒瞻仰而膜拜达千百年之久,但是台北捷运那一幕,最多是一刻钟吧?婴孩挨饿一刻钟,就很久了。

由此观之,赤裸的女体在某些人看来是不雅的,在另一些人看来却可能是美的,所以希腊的神得用洁白的大理石来雕,又可能是圣洁的,所以圣母也不妨袒胸哺乳,但耶稣从十字架扶下来后,他是瘦身赤体的,玛丽亚[①]却戴巾披袍了。女体要用得其所,就有莫大的威力。常在报上看到反战抗议一类的大场面,有许多惊心动目的裸体晃来晃去,我都想不通,军火商或权威当局会因此蒙受什么羞耻或损失,倒是不相干的第三者反而可以"睇肉",有所"获益"吧。

有一种昂贵的浓巧克力,叫做Lady Godiva[②],由来是中世纪有名的传说。说是柯芬翠[③]郡的伯爵征收无度,其妻葛黛娃劝他减税安民;两人约定,只要伯爵夫人愿意在正午的市集赤身骑马而过,伯爵就愿减税。葛黛娃果然如约,只以长发掩胸。市民也都闭户不出,以示感恩敬重。伯爵也如约减征,传为美谈。

---

① 玛丽亚:即圣母马利亚。——编者注
② Lady Godiva:直译为戈黛娃夫人,品牌名译为歌帝梵。——编者注
③ 柯芬翠:即考文垂。——编者注

据说当时有一小民忍不住从窗缝里偷窥了一眼，事后竟然失明，成为笑话中的Peeping Tom[1]。如此爱民的贵夫人，此事又发生在中世纪，实在早应封为圣徒了。

希腊神话有一个更早的传说，说是大神朱彼得[2]有意赋他的私生子海丘力士[3]以不朽，乃乘其妻朱诺熟睡，使海丘力士就胸吸乳。朱诺惊醒，猛然将之推开，致乳汁喷洒满空，成为银河。报上的一则小消息，竟令人遐想到满是神话的星空。

二〇一一年十月二十六日

---

[1] Peeping Tom：意为偷窥狂。——编者注

[2] 朱彼得：即朱庇特，也就是希腊神话中的宙斯。——编者注

[3] 海丘力士：即赫拉克勒斯或海格力斯，作者此处将希腊、罗马神话中的人名混用。——编者注

第三章 纸上春秋，笔下山河

猛虎和蔷薇

英国当代诗人西格夫里·萨松（Siegfried Sassoon，1886—1967）曾写过一行不朽的警句："In me the tiger sniffs the rose."译成中文，便是："我心里有猛虎在细嗅蔷薇。"

如果一行诗句可以代表一种诗派（有一本英国文学史曾举柯立治[①]《忽必烈汗》中的三行诗句："好一处蛮荒的所在！如此的圣洁，鬼怪，像在那残月之下，有一个女人在哭她幽冥的欢爱！"为浪漫诗派的代表），我就愿举这行诗为象征诗派艺术的代表。每次念及，我不禁想起法国现代画家昂利·鲁索[②]

[①] 柯立治：即柯勒律治。——编者注
[②] 昂利·鲁索：即亨利·卢梭。——编者注

（Henri Rousseau，1844—1910）的杰作《沉睡的吉普赛人》。假使鲁索当日所画的不是雄狮逼视着梦中的浪子，而是猛虎在细嗅含苞的蔷薇，我相信，这幅画同样会成为杰作。惜乎鲁索逝世，而萨松尚未成名。

我说这行诗是象征诗派的代表，因为它具体而又微妙地表现出许多哲学家所无法说清的话：它表现出人性里两种相对的本质，但同时更表现出那两种相对的本质的调和。假使他把原诗写成了"我心里有猛虎雄踞在花旁"，那就会显得呆笨，死板，徒然加强了人性的内在矛盾。只有原诗才算恰到好处，因为猛虎象征人性的一方面，蔷薇象征人性的另一面，而"细嗅"刚刚象征着两者的关系，两者的调和与统一。

原来人性含有两个：其一是男性的，其一是女性的；其一如苍鹰，如飞瀑，如怒马；其一如夜莺，如静池，如驯羊。所谓雄伟和秀美，所谓外向和内向，所谓戏剧型的和图画型的，所谓戴奥耐苏斯[①]艺术和阿波罗艺术，所谓"金刚怒目，菩萨低眉"，所谓"静如处女，动如脱兔"，所谓"骏马秋风冀北，杏花春雨江南"，所谓"杨柳岸，晓风残月"和"大江东去"，

---

① 戴奥耐苏斯：即狄俄尼索斯。——编者注

一句话，姚姬传①所谓的阳刚和阴柔，都无非是这两种气质的注脚。两者粗看若相反，实则乃相成。实际上每个人多多少少都兼有这两种气质，只是比例不同而已。

东坡有幕士，尝谓柳永词只合十七八女郎，执红牙板，歌"杨柳岸，晓风残月"；东坡词须关西大汉，铜琵琶，铁绰板，唱"大江东去"。东坡为之"绝倒"。他显然因此种阳刚和阴柔之分而感到自豪。其实东坡之词何尝都是"大江东去"？"笑渐不闻声渐杳，多情却被无情恼"；"绣帘开，一点明月窥人"；这些词句，恐怕也只合十七八女郎曼声低唱吧？而柳永的词句"长安古道马迟迟，高柳乱蝉嘶"，以及"渡万壑千岩，越溪深处。怒涛渐息，樵风乍起；更闻商旅相呼，片帆高举"又是何等境界！就是晓风残月的上半阕那一句"暮霭沉沉楚天阔"，谁能说它竟是阴柔？他如王维以清淡胜，却写过"一身转战三千里，一剑曾当百万师"的诗句；辛弃疾以沉雄胜，却写过"罗帐灯昏，哽咽梦中语"的词句。再如浪漫诗人济慈和雪莱，无疑地都是阴柔的了。可是清啭的夜莺也曾唱过："或是像精壮的科德慈，怒着鹰眼，凝视在太平洋上。"就是在那阴柔到了极

---

① 姚姬传：即姚鼐，字姬传。——编者注

点的《夜莺曲》里，也还有这样的句子："同样的歌声时常——迷住了神怪的长窗——那荒僻妖土的长窗——俯临在惊险的海上。"至于那只云雀，他那《西风歌》里所蕴藏的力量，简直是排山倒海，雷霆万钧！还有那一首十四行诗《阿西曼地亚斯》（*Ozymandias*）除了表现艺术不朽的思想不说，只其气象之伟大，魄力之雄浑，已可匹敌太白的"西风残照，汉家陵阙"。

也就是因为人性里面，多多少少地含有这相对的两种气质，许多人才能够欣赏和自己气质不尽相同，甚至大不相同的人。例如在英国，华兹华斯欣赏密尔顿；拜伦欣赏顶普；夏绿蒂·白朗戴欣赏萨克瑞；史哥德欣赏简·奥斯丁；史云朋欣赏兰道；兰道欣赏白朗宁。① 在我国，辛弃疾的欣赏李清照也是一个最好的例子。

但是平时为什么我们提起一个人，就觉得他是阳刚，而提起另一个人，又觉得他是阴柔呢？这是因为各人心里的猛虎和蔷薇所成的形势不同。有人的心原是虎穴，穴口的几朵蔷薇免不了猛虎的践踏；有人的心原是花园，园中的猛虎不免给那一

---

① 此句中，密尔顿即弥尔顿，顶普即蒲柏，夏绿蒂·白朗戴即夏洛蒂·勃朗特，萨克瑞即萨克雷，史哥德即司各特，史云朋即斯温伯恩，兰道即兰德，白朗宁又译为勃朗宁。——编者注

片香潮醉倒。所以前者气质近于阳刚,而后者气质近于阴柔。然而踏碎了的蔷薇犹能盛开,醉倒了的猛虎有时醒来。所以霸王有时悲歌,弱女有时杀贼;梅村、子山晚作悲凉,萨松在第一次大战后出版了低调的《心旅》(*The Heart's Journey*)。

"我心里有猛虎在细嗅蔷薇。"人生原是战场,有猛虎才能在逆流里立定脚跟,在逆风里把握方向,做暴风雨中的海燕,做不改颜色的孤星。有猛虎,才能创造慷慨悲歌的英雄事业;涵蕴耿介拔俗的志士胸怀,才能做到孟郊所谓的"镜破不改光,兰死不改香!"同时人生又是幽谷,有蔷薇才能烛隐显幽,体贴入微;有蔷薇才能看到苍蝇搓脚,蜘蛛吐丝,才能听到暮色潜动,春草萌芽,才能做到"一沙一世界,一花一天国"。在人性的国度里,一只真正的猛虎应该能充分地欣赏蔷薇,而一朵真正的蔷薇也应该能充分地尊敬猛虎;微蔷薇,猛虎变成了菲力斯汀[①](Philistine):微猛虎,蔷薇变成了懦夫。韩黎诗:"受尽了命运那巨棒的痛打,我的头在流血,但不曾垂下!"华兹华斯诗:"最微小的花朵对于我,能激起非泪水所能表现的深

[①] 菲力斯汀:即 Philistine 一词的音译,意为对文化艺术一无所知、文化修养低的人。——编者注

思。"完整的人生应该兼有这两种至高的境界。一个人到了这种境界，他能动也能静，能屈也能伸，能微笑也能痛哭，能像廿世纪人一样的复杂，也能像亚当夏娃一样的纯真，一句话，他心里已有猛虎在细嗅蔷薇。

一九五二年十月廿四夜

诗的三种读者

不时有人会问我："诗应如何欣赏？"

这问题实在难以回答。如果问者是一个陌生人，我就会说："那要看你对诗有什么要求。如果你的目的只在追求'诗意'，满足美感，那就不必太伤脑筋，只要兴之所至，随意讽诵吟哦，做一个诗迷就行了。如果你志在做一位学者，那么诗就变成了学问，不再是纯粹的乐趣了。诗迷读诗，可以完全主观，也就是说，一切的标准取决于自己的口味。学者读诗，却必须尽量客观，在提出自己的意见之前，往往要多听别人的意见，在进入一首诗的核心之前，更需要多认识那首诗的背景和环境。学者对一首诗的'欣赏'，必须建基在'了解'之上。如果你志在做一位诗人,那读法又不同了。学者对一首诗的责任,在于了解,不但自己了解,还要帮助别人了解。诗人面对一首诗,尤其是一首好诗,尤其是一首新的好诗,往往像一个学徒面对着师父,总想学点什么手艺,不但目前使用,更待他日翻新出奇,把师父都比了下去。学者读诗,因为是做学问,所以必须耐下心来,读得彻底而又普遍,遇到不喜欢的作品,也不许绕道而过。诗人读诗,只要拣自己喜欢的作品就行,不喜欢的可以不理——这一点,诗人和一般读者相同。不同的是:一般读者读了自己喜欢的诗,就达到目的了,诗人却必须更进一步,不但读得高兴,还要举一反三,触类旁通,善加利用。譬如食物,一般读者但求可口,诗人于可口之外,更须注意摄取营养。"

当然,学者和诗人在本质上也都是读者,不过他们都是专业的读者,所以读法不同。非专业性的读者,可以称为"纯读者"。"纯读者"之中未必没有博学而高明的"解人",只是他们不写文章,不以学者自命而已。

一般的纯读者,往往在少年时代爱上了诗。那种爱好往往很强烈,但也十分主观,而品味的范围也十分狭窄。纯读者对诗浅尝便止,欣赏的天地往往只限于三五位诗人的三五十首作品。因为缺乏比较,也无力分析,这几十首诗便垄断了他的美感经验，似乎天下之美尽止于此。纯读者的兴趣往往始于选集，也就终于选集，很少发展及于专业，更不可能进入全集。且以《唐诗三百首》为例，因为未选李贺，所以纯读者往往不读李贺。至于杜牧，因为所选九首之中，七绝占了七首，所以在纯读者的印象之中，他似乎成了专用七绝写柔美小品的诗人了。纯读者的品味能力，缺少锻炼，无由扩大，一过青年时代，往往也就不再发展了。

我在少年时代读诗，自命可恃直觉与顿悟，对于诗末的注解之类，没有耐心详阅。这种"不求甚解"的天才读法，对付"床前明月光"和"桂魄初生秋露微"一类的作品，也许可以，而遇到典故复杂背景特殊的一类，就所得无几了。学者读诗，没有一个能不看注解的。要充分了解一首诗，不能不熟悉作者的生平与时代，也不能不分析诸如格律、意象、结构等等技巧。中国的传统研究往往太强调前者，西方的现代批评又往往太注重后者，如能两者相济，当较为平衡可行。诗的讲授、评论、注解、编选、翻译等等，都是学者的工作。

诗人又是另一种特别的读者。苏轼读诗，和朱熹读诗是不一样的。诗人读诗，固然也求了解别的诗人，但是更想触发自己创作的灵感。所以苏轼读了陶诗，便写了许多和陶之作。东坡集中，和韵次韵之作，竟占五分之一以上，那首有名的"人生到处知何似"也是为和子由而写的，但子由的原作却无人读了。杜甫之名句"转益多师是汝师"，正说明了，要做诗人，就要放开眼界，多读各家作品，才能找到自己要走的大道。低下的诗人只能抄袭字句，高明的诗人却能脱胎换骨，伟大的诗人则点铁成金，起死回生，无论所读的作品是好是坏，都能转化为自己的灵感。

读者读诗，有如初恋。学者读诗，有如选美。诗人读诗，有如择妻。

读者赏花。学者摘花。诗人采蜜。

一九七九年夏

文章与前额并高

自从十三年前迁居香港以来，和梁实秋先生就很少见面了。屈指可数的几次，都是在颁奖的场合，最近的一次，却是从梁先生温厚的掌中接受时报文学的推荐奖。这一幕颇有象征的意义，因为我这一生的努力，无论是文坛或学府，要是当初没有这只手的提掖，只怕难有今天。

所谓"当初"，已经是三十六年以前了。那时我刚从厦门大学转学来台，在台大读外文系三年级，同班同学蔡绍班把我的一叠诗稿拿去给梁先生评阅。不久他竟转来梁先生的一封信，对我的习作鼓励有加，却指出师承囿于浪漫主义，不妨拓宽视野，多读一点现代诗，例如哈代、浩斯曼[①]、叶慈等人的作品。梁先生的挚友徐志摩虽然是浪漫诗人，他自己的文学思想却深受哈佛老师白璧德之教，主张古典的清明理性。他在信中所说的"现代"自然还未及现代主义，却也指点了我用功的方向，否则我在雪莱的西风里还会飘泊得更久。

直到今日我还记得，梁先生的这封信是用钢笔写在八行纸上，字大而圆，遇到英文人名，则横而书之，满满地写足两张。文艺青年捧在手里，惊喜自不待言。过了几天，在绍班的安排之下，我随他去德惠街一号梁先生的寓所登门拜访。德惠街在城北，与中山北路三段横交，至则巷静人稀，梁寓雅洁清幽，正是当时常见的日式独栋平房。梁师母引我们在小客厅坐定后，心仪已久的梁实秋很快就出现了。

那时梁先生正是知命之年，前半生的大风大雨，在大陆上已见过了，避秦也好，乘桴浮海也好，早已进入也无风雨也无晴的境界。他的谈吐，风趣中不失仁蔼，谐谑中自有分寸，十足中国文人的儒雅加上西方作家的机智，近于他散文的风格。他就坐在那里，悠闲而从容地和我们谈笑。我一面应对，一面

[①] 浩斯曼：即霍斯曼。——编者注

仔细地打量主人。眼前这位文章巨公，用英文来说，体形"在胖的那一边"，予人厚重之感。由于发岸线（hairline）有早退之象，他的前额显得十分宽坦，整个面相不愧天庭饱满，地阁方圆，加以长牙隆准，看来很是雍容。这一切，加上他白皙无斑的肤色，给我的印象颇为特殊。后来我在反省之余，才断定那是祥瑞之相，令人想起一头白象。

当时我才二十三岁，十足一个躁进的文艺青年，并不很懂观象，却颇热中猎狮（lion-hunting）。这位文苑之狮，学府之师，被我纠缠不过，答应为我的第一本诗集写序。序言写好，原来是一首三段的格律诗，属于新月风格。不知天高地厚的躁进青年，竟然把诗拿回去，对梁先生抱怨说："您的诗，似乎没有特别针对我的集子而写。"

假设当日的写序人是今日的我，大概狮子一声怒吼，便把狂妄的青年逐出师门去了。但是梁先生眉头一抬，只淡淡地一笑，徐徐说道："那就别用得了……书出之后，再跟你写评吧。"

量大而重诺的梁先生，在《舟子的悲歌》出版后不久，果然为我写了一篇书评，文长一千多字，刊于一九五二年四月十六日的《自由中国》。那本诗集分为两辑，上辑的主题不一，下辑则尽为情诗。书评认为上辑优于下辑，跟评者反浪漫的主张也许有关。梁先生尤其欣赏《老牛》与《暴风雨》等几首,他甚至这么说:"最出色的要算是《暴风雨》一首,用文字把暴风雨的那种排山倒海的气势都描写出来了,真可说是笔挟风雷。"在书评的结论里有这样的句子:

> 作者是一位年轻人,他的艺术并不年轻,短短的《后记》透露出一点点写作的经过。他有旧诗的根柢,然后得到英诗的启发。这是很值得我们思考的一条发展路线。我们写新诗,用的是中国文字,旧诗的技巧是一份必不可少的文学遗产,同时新诗是一个突然出生的东西,无依无靠,没有轨迹可循,外国诗正是一个最好的借镜。

在那么古早的岁月,我的青涩诗艺,根柢之浅,启发之微,可想而知。梁先生溢美之词固然是出于鼓励,但他所提示的上承传统旁汲西洋,却是我日后遵循的综合路线。

朝拜缪思的长征,起步不久,就能得到前辈如此的奖掖,使我的信心大为坚定。同时,在梁府的座上,不期而遇,也结识了不少像陈之藩、何欣这样同辈的朋友,声应气求,更鼓动了创作的豪情壮志。诗人夏菁也就这么邂逅于梁府,而成了莫逆。不久我们就惯于一同去访梁公,有时也约王敬羲同行。不知为何,记忆里好像夏天的晚上去得最频。梁先生怕热,想是体胖的关系;有时他索性只穿短袖汗衫接见我们,一面笑谈,一面还要不时挥扇。我总觉得,梁先生虽然出身外文,气质却在儒道之间,进可为儒,退可为道。可以想见,好不容易把我们这些恭谨的晚辈打发走了之后,东窗也好,东床也罢,他是如何地坦腹自放。我说坦腹,因为他那时有点发福,腰围可观,纵然不到福尔斯塔夫[1]的规模,也总有约翰孙[2]或纪晓岚的分量,足证果然腹笥深广。据说,因此梁先生买腰带总嫌尺码不足,有一次,他索性走进中华路一家皮箱店,买下一只大皮箱,抽出皮带,留下箱子,扬长而去。这倒有点《世说新语》的味道了,是否谣言,却未向梁先生当面求证。

梁先生好客兼好吃,去梁府串门子,总有点心招待,想必是师母的手艺吧。他不但好吃,而且懂吃,两者孰因孰果,不得而知。只知他下笔论起珍馐名菜来,头头是道。就连既不好吃也不懂吃的我,也不禁食指欲动,馋肠若蠕。在糖尿病发之

---

[1] 福尔斯塔夫:又译为福斯塔夫,莎士比亚戏剧《亨利四世》中的人物。——编者注

[2] 约翰孙:即塞缪尔·约翰逊。——编者注

前,梁先生的口福委实也饫足了。有时乘兴,他也会请我们浅酌一杯。我若推说不解饮酒,他就会作态佯怒,说什么"不烟不酒,所为何来?"引得我和夏菁发笑。有一次,他斟了白兰地飨客,夏菁勉强相陪。我那时真是不行,梁先生说"有了",便向橱顶取来一瓶法国红葡萄酒,强调那是一八四二年产,朋友所赠。我总算喝了半盅,飘飘然回到家里,写下《饮一八四二年葡萄酒》一首。梁先生读而乐之,拿去刊在《自由中国》上,一时引人瞩目。其实这首诗学济慈而不类,空余浪漫的遐想;换了我中年来写,自然会联想到鸦片战争。

梁先生在台北搬过好几次家。我印象最深的两处梁宅,一在云和街,一在安东街。我初入师大(那时还是省立师范学院)教大一英文,一年将满,又偕夏菁去云和街看梁先生。谈笑及半,他忽然问我:"送你去美国读一趟书,你去吗?"那年我已三十,一半书呆,一半诗迷,几乎尚未阅世,更不论乘飞机出国。对此一问,我真是惊多喜少。回家和我存讨论,她是惊少而喜多,马上说:"当然去!"这一来,里应外合势成。加上社会压力日增,父亲在晚餐桌上总是有意无意地报导:"某伯伯家的老三也出国了!"我知道偏安之日已经不久。果然三个月后,我便文化充军,去了秋色满地的爱奥华城。

从美国回来，我便专任师大讲师。不久，梁先生从英语系主任变成了我们的文学院长，但是我和夏菁去看他，仍然称他梁先生。这时他又迁到安东街，住进自己盖的新屋。稍后夏菁的新居在安东街落成，他便做了令我羡慕的梁府近邻，也从此，我去安东街，便成了福有双至，一举两得。安东街的梁宅，屋舍俨整，客厅尤其宽敞舒适，屋前有一片颇大的院子，花木修护得可称多姿，常见两老在花畦树径之间流连。比起德惠街与云和街的旧屋，这新居自然优越了许多，更不提广州的平山堂和北碚的雅舍了。可以感受得到，这新居的主人住在"家外之家"，怀乡之余，该是何等的快慰。

六十五岁那年，梁先生在师大提前退休，欢送的场面十分盛大。翌年，他的"终身大事"，莎士比亚戏剧全集之中译完成，朝野大设酒会庆祝盛举，并有一女中的学生列队颂歌：想莎翁生前也没有这般殊荣。师大英语系的晚辈同事也设席祝贺，并赠他一座银盾，上面刻着我拟的两句赞词："文豪述诗豪，梁翁传莎翁。"莎翁退休之年是四十七岁，逝世之年也才五十二岁，其实还不能算翁。同时莎翁生前只出版了十八个剧本，梁翁却能把三十七本莎剧全部中译成书。对比之下，梁翁是有福多了。听了我这意见，梁翁不禁莞尔。

这已经是二十年前的事了。后来夏菁担任联合国农业专家，远去了牙买加。梁先生一度旅居西雅图。我自己先则旅美二年，继而去了香港，十一年后才回台湾。高雄与台北之间虽然只是四小时的车程，毕竟不比厦门街到安东街那么方便了。青年时代夜访梁府的一幕一幕，皆已成为温馨的回忆，只能在深心重温，不能在眼前重演。其实不仅梁先生，就连晚他一辈的许多台北故人，也都已相见日稀。四小时的车程就可以回到台北，却无法回到我的台北时代。台北，已变成我的回声谷。那许多巷弄，每转一个弯，都会看见自己的背影。不能，我不能住在背影巷与回声谷里。每次回去台北，都有一番近乡情怯，怕卷入回声谷里那千重魔幻的漩涡。

在香港结交的旧友之中，有一人焉，竟能逆流而入那回声的漩涡，就是梁锡华。他是徐志摩专家，研究兼及闻一多，又是抒情与杂感兼擅的散文家，就凭这几点，已经可以跻列梁门，何况他对梁先生更已敬仰有素。一九八〇年七月，法国人在巴黎举办抗战文学研讨会，有代表旧案重提，再诬梁实秋反对抗战文学。梁锡华即席澄清史实，一士谔谔，力辨其诬。夏志清一语双关，对锡华翘起大拇指，赞他"小梁挑大梁"！我如在场，这件事义不容辞，应该由我来做。锡华见义勇为，更难得事先覆按过资料，不但赢得梁先生的感激，也使我这受业弟子深深感动。

一九七八年以后，大陆的文艺一度曾有开放之象。到我前年由港返台为止，甚至新月派的主角如胡适、徐志摩等的作品都有新编选集问世，唯独梁实秋迄今尚未"平反"。梁实秋就是梁实秋，这三个字在文学思想上代表一种坚定的立场和价值，已有近六十年的历史。

梁实秋的文学思想强调古典的纪律，反对浪漫的放纵。他认为革命文学也好，普罗文学也好，都是把文学当做工具，眼中并无文学；但是在另一方面，他也不赞成为艺术而艺术，因为那样势必把艺术抽离人生。简而言之，他认为文学既非宣传，亦非游戏。他始终标举安诺德[①]所说的，作家应该"沉静地观察人生，并观察其全貌"。因此他认为文学描写的充分对象是人生，而不仅是阶级性。

黎明版《梁实秋自选集》的小传，说作者"生平无所好，惟好交友、好读书、好议论"。季季在访问梁先生的记录《古典头脑，浪漫心肠》之中，把他的文学活动分成翻译、散文、编字典、编教科书四种。这当然是梁先生的台湾时代给人的印象。

[①] 安诺德：即阿诺德。——编者注

其实梁先生在大陆时代的笔耕，以量而言，最多产的是批评和翻译，至于《雅舍小品》，已经是四十岁以后所作，而在台湾出版的了。《梁实秋自选集》分为文学理论与散文二辑，前辑占一九八页，后辑占一六二页，分量约为五比四，也可见梁先生对自己批评文章的强调。他在答季季问时说："我好议论，但是自从抗战军兴，无意再作任何讥评。"足证批评是梁先生早岁的经营，难怪台湾的读者印象已淡。

一提起梁实秋的贡献，无人不知莎翁全集的浩大译绩，这方面的声名几乎掩盖了他别的译书。其实翻译家梁实秋的成就，除了莎翁全集，尚有《织工马南传》《咆哮山庄》《百兽图》《西塞罗文录》等十三种。就算他一本莎剧也未译过，翻译家之名他仍当之无愧。

读者最多的当然是他的散文。《雅舍小品》初版于一九四九年，到一九七五年为止，二十六年间已经销了三十二版；到现在想必近五十版了。我认为梁氏散文所以动人，大致是因为具备下列这几种特色：

首先是机智闪烁，谐趣迭生，时或滑稽突梯，却能适可而止，不堕俗趣。他的笔锋有如猫爪戏人而不伤人，即使讥讽，针对的也是众生的共相，而非私人，所以自有一种温柔的美感距离。其次篇幅浓缩，不事铺张，而转折灵动，情思之起伏往往点到为止。此种笔法有点像画上的留白，让读者自己去补足空间。梁先生深信"简短乃机智之灵魂"，并且主张"文章要深，要远，就是不要长"。再次是文中常有引证，而中外逢源，古今无阻。这引经据典并不容易，不但要避免出处太过俗滥，显得腹笥寒酸，而且引文要来得自然，安得妥贴，与本文相得益彰，正是学者散文的所长。

最后的特色在文字。梁先生最恨西化的生硬和冗赘，他出身外文，却写得一手地道的中文。一般作家下笔，往往在白话、文言、西化之间徘徊歧路而莫知取舍，或因简而就陋，一白到底，一西不回；或弄巧而成拙，至于不文不白，不中不西。梁氏笔法一开始就逐走了西化，留下了文言。他认为文言并未死去，反之，要写好白话文，一定得读通文言文。他的散文里使用文言的成分颇高，但不是任其并列，而是加以调和。他自称文白夹杂，其实应该是文白融会。梁先生的散文在中岁的《雅舍小品》里已经形成了简洁而圆融的风格，这风格在台湾时代仍大致不变。证之近作，他的水平始终在那里，像他的前额一样高超。

一九八七年四月三日

何曾千里共婵娟

中秋前夕，善写月色的小说家张爱玲被人发现死于洛杉矶的寓所，为状安祥，享年七十五岁。消息传来，震惊台港文坛，哀悼的文章不断见于报刊，盛况令人想起高阳之殁。张爱玲的小说世界哀艳苍凉，她自己则以迟暮之年客死他乡，不但身边没有一个亲友，甚至殁后数日才经人发现，也够苍凉的了。这一切，我觉得引人哀思则有之，却不必遗憾。因为张爱玲的杰作早在年轻时就已完成，她在有生之年已经将自己的上海经验从容写出。时间，对她的后半生并不那么重要，而她的美国经验，正如对不少旅美的华人作家一样，对她也没有多大意义。反之，徐志摩、梁遇春、陆蠡因为夭亡而未竟全功，才真是令人遗憾。

张爱玲活跃于抗战末期沦为孤岛的上海，既不相信左翼作家的"进步"思想，也不热衷现代文学的"前卫"技巧，却能兼采中国旧小说的家庭伦理、市井风味，和西方小说的道德关怀、心理探讨，用富于感性的精确语言娓娓道来，将小说的艺术提高到纯熟而微妙的境地。但是在当时的文坛上，她既不进步，也不前卫，只被当成"不入流"的言情小说作家，亦即所谓"鸳鸯蝴蝶派"。另一方面，钱锺书也是既不进步，也不前卫，却兼采中西讽刺文学之长，以散文家之笔写新儒林的百态，嬉笑怒骂皆成妙文。当代文坛各家在《人·兽·鬼》与《围城》里，几被一网打尽，所以文坛的"主流派"当然也容不得他。此二人上不了文学史，乃理所当然。

直到夏志清写《中国现代小说史》，才为二人各辟一章，把他们和鲁迅、茅盾等量齐观，视为小说艺术之重镇。今日张爱玲之遍受推崇，已经似乎理所当然，但其地位之超凡入圣，其"经典化"（canonization）之历程却从夏志清开始。《中国现代小说史》出版于一九六一年，但早在一九四八年，我还在金陵大学读书，就已看过《围城》，十分倾倒，视为奇书妙文。倒是张爱玲的小说我只有道听途说，印象却是言情之作，直到读了夏志清的巨著，方才正视这件事情。早在三十多年前，夏志清就毫不含糊地告诉这世界："张爱玲该是今日中国最优秀最重要的作家。仅以短篇小说而论，她的成就堪与英美现代女文豪如曼殊菲儿、泡特、韦尔蒂、麦克勒斯之流相比，①有些地方，她恐怕还要高明一筹……《金锁记》长达五十页；据我看来，这是中国从古以来最伟大的中篇小说。"

一位杰出的评论家不但要有学问，还要有见解，才能慧眼独具，识天才于未显。更可贵的是在识才之余，还有胆识把他的发现昭告天下：这就是道德的勇气、艺术的良心了。所以杰出的评论家不但是智者，还应是勇者。今日而来推崇张爱玲，似乎理所当然，但是三十多年前在左倾成风的美国评论界，要斩钉截铁，肯定张爱玲、钱锺书、沈从文等的成就，到与鲁迅相提并论的地步，却需要智勇兼备的真正学者。一部文学史是由这样的学者写出来的。英国小说家班乃特②（Arnold Bennett）在《经典如何产生》③一文中就指出，一部作品所以能成为经

---

① 曼殊菲儿即曼斯菲尔德，泡特即波特，麦克勒斯即麦卡勒斯。——编者注
② 班乃特：即阿诺德·本涅特。——编者注
③ 《经典如何产生》：此文标题又译为《经典之所以为经典》。——编者注

典，全是因为最初有三两智勇之士发现了一部杰作，不但看得准确，而且说得坚决，一口咬定就是此书；世俗之人将信将疑，无可无不可，却因意志薄弱，自信动摇，禁不起时光再从旁助阵，终于也就人云亦云，渐成"共识"了。在夏志清之前，上海文坛也有三五慧眼识张于流俗之间，但是没有人像夏志清那样在正式的学术论著之中把她"经典化"。夏志清不但写了一部《中国现代小说史》，也只手改写了中国的新文学史。

杰出的小说家必须有散文高手的功力，舍此，则人物刻画、心理探索、场景描写、对话经营等等都无所附丽。张爱玲的文字，无论是在小说或散文里，都不同凡响，但是她无意追求"前卫"，不像某些现代小说名家那样在文字的经营上刻意求工、锐意求奇。她的文字往往用得恰如其分，并不铺张逞能，这正是她聪明之处。夏志清以她的散文《谈音乐》为例，印证她捕捉感性的功夫。"火腿咸肉花生油搁得日子久，变了味，有一种'油哈'气，那个我也喜欢，使油更油得厉害，烂熟，丰盈，如同古时候的'米烂陈仓'。"如此真切的感性，在张爱玲笔下娓娓道来，浑成而又自然，才是真正大家的国色天香。

张爱玲不但是散文家，也兼擅编剧与翻译。她常把自己的小说译成英文或中文，也译过《老人与海》《鹿苑长春》《浪子与善女人》《海上花列传》，甚至陈纪滢的《荻村传》，也译过一点诗。林以亮（宋淇笔名）为今日世界出版社编选的《美国诗选》出版于一九六一年，由梁实秋、张爱玲、邢光祖、林以亮、夏菁和我六人合译，我译得最多，几近此书之半，张爱玲译得很少，只有爱默森[①]五首，梭罗三首。宋淇是她的好友，又欣赏她的译笔，所以邀她合译，以壮阵容。

宋淇和张爱玲都熟悉上海生活，习说沪语，在上海时已经认识。五十年代初，他们在香港美新处同过事，后来宋淇在电懋影业公司工作，张爱玲又为电懋编写剧本《南北一家亲》及《人财两得》。经过多年的交往，宋淇及其夫人邝文美已成张爱玲的知己；由于张爱玲晚年鲜与外界往来，许多出版界的人士要与她联络，往往经过宋淇，皇冠出版她的作品，即由宋淇安排开始。张爱玲与宋淇的深交由此可见，所以她在遗嘱中交代，所有遗物与作品委托宋淇全权处理。宋淇知她既深，才学又高，更难得的是处事井然有条，当然是托对了人。如果是在十年前，宋淇处理她的遗嘱，必然胜任愉快，有宋夫人相助，更不成问

[①] 爱默森：即拉尔夫·沃尔多·爱默生，美国思想家、文学家。——编者注

题。但是张爱玲似乎忘了，宋淇比她还长一岁，也垂垂老矣，近年病情转重，甚至一步也离不了氧气罩。最近逢年过节，我打电话去香港问候宋淇，都由宋夫人代接代答了，令我不胜怅惘，深为故人担忧。其实宋夫人自己也有病在身，几年前甚至克服了癌症。两位老人如今真是相依为命，遗嘱之托，除了徒增他们的伤感之外，实在无法完成。这件事当然是一付重担，不如由宋淇授权给皇冠的平鑫涛去处理，或是就近由白先勇主持一个委员会来商讨。

一九九五年九月

另一段城南旧事

林海音的小说名著《城南旧事》写英子七岁到十三岁的故事,所谓城南,是指北京的南城。那故事温馨而亲切,令人生怀古的清愁,广受读者喜爱。但英子长大后回到台湾,另有一段"城南旧事",林海音自己未写,只好由女儿夏祖丽来写了。这第二段旧事的城南,却在台北。

初识海音,不记得究竟何时了。只记得来往渐密是在六十年代之初。我在《联副》经常发表诗文,应该始于一九六一,已经是她十年主编的末期了。我们的关系始于编者与作者,渐渐成为朋友,进而两家来往,熟到可以带孩子上她家去玩。

这一段因缘一半由地理促成。夏家住在重庆南路三段十四巷一号，余家住在厦门街一一三巷八号，都在城南，甚至同属古亭区。从我家步行去她家，越过汀州街的小火车铁轨，沿街穿巷，不用十五分钟就到了。

当时除了单篇的诗文，我还在《联副》刊登了长篇的译文，包括毛姆颇长的短篇小说《书袋》和《生活》杂志上报导拜伦与雪莱在意大利交往的长文《缪思在意大利》，所以常在晚间把续稿送去她家。

记得夏天的晚上，海音常会打电话邀我们全家去夏府喝绿豆汤。珊珊姐妹一听说要去夏妈妈家，都会欣然跟去，因为不但夏妈妈笑语可亲，夏家的几位大姐姐也喜欢这些小客人，有时还会带她们去街边"捞金鱼"。

海音长我十岁，这差距不上不下。她虽然出道很早，在文坛上比我先进，但是爽朗率真，显得年轻，令我下不了决心以长辈对待。但径称海音，仍觉失礼。另一方面，要我像当时人多话杂的那些女作家昵呼"海音姐"或"林大姐"，又觉得有点俗气。同样地，我也不喜欢叫什么"夏菁兄"或"望尧兄"。叫"海音女士"吧，又太做作了。最后我决定称她"夏太太"，因为我早已把何凡叫定了"夏先生",[1]似乎以此类推,倒也顺理成章。不过我一直深感这称呼太淡漠,不够交情。

夏家的女儿比余家的女儿平均要大十二三岁,所以祖美、祖丽、祖葳领着我们的四个小珊转来转去,倒真像一群大姐姐。她们玩得很高兴,不但因为大姐姐会带,也因为我家的四珊,不瞒你说,实在很乖。祖焯比我家的孩子大得太多,又是男生,当然远避了这一大群姐妹淘。

不过在夏家作客,亲切与热闹之中仍感到一点,什么呢,不是陌生,而是奇异。何凡与海音是不折不扣的北京人,他们不但说京片子,更办《国语日报》,而且在"国语推行委员会"工作。他们家高朋满座,多的是卷舌善道的北京人。在这些人面前,我们才发现自己是多么口钝的南方人,ㄓㄔ不卷,ㄕㄙ不分,[2]一口含混的普通话简直张口便错。用语当然也不地道,海音就常笑我把"什么玩意儿"说成了"什么玩意"。有一次我不服气,说你们北方人"花儿鸟儿鱼儿虫儿",我们南方人听来只觉得"肉麻儿"。众人大笑。

---

[1] 何凡本名夏承楹,笔名何凡。——编者注

[2] 此为早期使用的汉语注音符号,ㄓ、ㄔ相当于汉语拼音的zh、ch,ㄕ、ㄙ相当于汉语拼音的sh、s。——编者注

那时候台北的文人大半住在城南。单说我们厦门街这条小巷子吧，曾经住过或是经常走过的作家，至少就包括潘垒、黄用、王文兴与"蓝星"的众多诗人。巷腰曾经有《新生报》的宿舍，所以彭歌也常见出没。巷底通到同安街，所以《文学杂志》的刘守宜、吴鲁芹、夏济安也履印交叠。所以海音也不时会走过这条巷子，甚至就停步在我家门口，来按电铃。

就像旧小说常说的，"光阴荏苒"，这另一段"城南旧事"随着古老的木屐踢踏，终于消逝在那一带的巷尾弄底了。夏家和余家同一年搬了家。从一九七四年起，我们带了四个女儿就定居在香港。十一年后我们再回台湾，却来了高雄，常住在岛南，不再是城南了。厦门街早已无家可归。

夏府也已从城南迁去城北，日式古屋换了新式的公寓大厦，而且高栖在六楼的拼花地板，不再是单层的榻榻米草席。每次从香港回台，几乎都会去夏府作客。众多文友久别重聚，气氛总是热烈的，无论是餐前纵谈或者是席上大嚼，那感觉真是宾至如归，不拘形骸到喧宾夺主。女主人天生丽质的音色，流利而且透彻，水珠滚荷叶一般畅快圆满，却为一屋的笑语定调，成为众客共享的耳福。夏先生在书房里忙完，往往最后才出场，比起女主人来也"低调"多了。

海音为人，宽厚、果决、豪爽。不论是做主编、出版人或是朋友，她都有海纳百川的度量。我不敢说她没有敌人，但相信她的朋友之多，交情之笃，是罕见的。她处事十分果决，而且决定得很快，我几乎没见过她当场犹豫，或事后懊悔。至于豪爽，则来自宽厚与果决：宽厚，才能豪，果决，才能爽。跟海音来往，不用迂回；跟她交谈，也无须客套。

这样豪爽的人当然好客。海音是最理想的女主人，因为她喜欢与人共享，所以客人容易与她同乐。她好吃，所以精于厨艺，喜欢下厨，更喜欢陪着大家吃。她好热闹，所以爱请满满一屋子的朋友聚谈，那场合往往是因为有远客过境，话题新鲜，谈兴自浓。她好摄影，主要还是珍惜良会，要留刹那于永恒。她的摄影不但称职，而且负责。许多朋友风云际会，当场拍了无数照片，事后船过无纹，或是终于一叠寄来，却曝光过度，形同游魂，或阴影深重，疑是卫夫人的墨猪，总之不值得保存，却也不忍心就丢掉。海音的照片不但拍得好，而且冲得快，不久就收到了，令朋友惊喜加上感佩。

所以去夏府作客，除了笑谈与美肴，还有许多近照可以传观，并且引发话题。她家的客厅里有不少小摆设，在小鸟与青蛙之外，更多的是象群。她收集的瓷象、木象、铜象姿态各殊，洋洋大观。朋友知道她有象癖，也送了她一些，总加起来恐怕不下百头。这些象简直就是她的"象征"，隐喻着女主人博大的心胸、祥瑞的容貌。海音素称美女，晚年又以"资深美女"自嘲自宽。依我看来，美女形形色色，有的美得妖娆，令人不安；海音却是美得有福相的一种。

这位美女主编，不，资深美女加资深主编，先是把我的稿子刊在《联副》，继而将之发表于《纯文学》月刊，最后又成为我好几本书的出版人。我的文集《望乡的牧神》《焚鹤人》《听听那冷雨》《青青边愁》，诗集《在冷战的年代》，论集《分水岭上》都在她主持的"纯文学出版社"出书，而且由她亲自设计封面，由作者末校。我们合作得十分愉快：我把编好的书稿交给她后，一切都不用操心，三四个星期之后新书就到手了。欣然翻玩之际，发现封面雅致大方，内文排印悦目，错字几乎绝迹，捧在手里真是俊美可爱。那个年代书市兴旺，这六本书销路不恶，版税也付得非常爽快，正是出版人一贯的作风。

"纯文学出版社"经营了二十七年，不幸在一九九五年结束。在出版社同人与众多作者的一片哀愁之中，海音指挥若定，表现出"时穷节乃见"的大仁大勇。她不屑计较琐碎的得失，毅然决然，把几百本好书的版权都还给了原作者，又不辞辛劳，一箱一箱，把存书统统分赠给他们。这样的豪爽果断，有情有义，有始有终，堪称出版业的典范。当前的出版界，还找得到这样珍贵的品种吗？

海音在"纯文学出版社"的编务及业务上投注了多年的心血，对台湾文坛甚至早期的新文学贡献很大。祖丽参与社务，不但为母亲分劳，而且笔耕勤快，有好几本访问记列入"纯文学丛书"。出版社曲终人散，虽然功在文坛，对垂垂老去的出版人仍然是伤感的事。可是海音的晚年颇不寂寞，不但文坛推重，友情丰收，而且家庭幸福，亲情洋溢。虽然客厅里挂的书法题着何凡的名句"在苍茫的暮色里加紧脚步赶路"，毕竟有何凡这么忠贞的老伴相互"牵手"，走完全程。而在她文学成就的顶峰，《城南旧事》在大陆拍成电影，赢得多次影展大奖，又译成三种外文，制成绘图版本。

在海音七十大寿的盛会上，我献给她一首三行短诗，分别以寿星的名字收句。子敏领着几位作家，用各自的乡音朗诵，颇为叫座。我致辞说："林海音岂止是长青树，她简直是长青林。她植树成林，我们就在那林荫深处……常说成功的男人背后必有一位伟大的女性。现在是女强人的时代，照理成功的女人背后也必有一位伟大的男性。可是何凡和林海音，到底谁在谁的背后呢？还是台语说得好：夫妻是'牵手'。这一对伉俪并肩携手，都站在前面。"

暮色苍茫得真快，在八十岁的寿宴上，我们夫妻的座位安排在寿星首席。那时的海音无复十年前的谈笑自若了。宾至的盛况不逊当年，但是热闹的核心缺了主角清脆动听的女高音，不免就失去了焦聚。美女再资深也终会老去，时光的无礼令人怅愁。我应邀致辞，推崇寿星才德相伴，久负文坛的清望，说一度传闻她可能出任文化官员："如果早二十年，她确是最佳人选。可是，一个人做了林海音，还稀罕做文化官员吗？"这话突如其来，激起满堂的掌声。

四年后，时光的无礼变成绝情。我发现自己和齐邦媛、痖弦坐在台上，面对四百位海音的朋友追述她生前的种种切切。深沉的肃静低压着整个大厅。海音的半身像巨幅海报高悬在我们背后，熟悉的笑容以亲切的眸光、开朗的齿光煦照着我们，但没有人能够用笑容回应了。刚才放映的纪录片，从稚龄的英子到耋年的林先生，栩栩的形貌还留在眼睫，而放眼台下，沉思的何凡虽然是坐在众多家人的中间，却形单影只，不，似乎只剩下了一半，令人很不习惯。我长久未流的泪水忽然满眶，觉悟自己的"城南旧事",也是祖丽姐妹和珊珊姐妹的"城南旧事",终于一去不回。半个世纪的温馨往事,都在那幅永恒的笑貌上停格了。

二〇〇二年八月十一日

第四章 对话缪斯,牧神午后

梵谷的向日葵

梵谷一生油画的产量在八百幅以上，但是其中雷同的画题不少，每令初看的观众感到困惑。例如他的自画像，就多达四十多幅。阿罗[①]时期的《吊桥》，至少画了四幅，不但色调互异，角度不同，甚至有一幅还是水彩。《邮差鲁兰》和《嘉舍大夫》也都各画了两张。至于早期的代表作《食薯者》，从个别人物的头像素描到正式油画的定稿，反反复复，更画了许多张。梵谷是一位求变、求全的画家，面对一个题材，总要再三检讨，务必面面俱到，充分利用为止。他的杰作《向日葵》也不例外。

[①] 阿罗：法国地名，即阿尔勒。——编者注

早在巴黎时期，梵谷就爱上了向日葵，并且画过单枝独朵，鲜黄衬以亮蓝，非常艳丽。一八八八年初，他南下阿罗，定居不久，便邀高敢从西北部的布列塔尼去阿罗同住。这正是梵谷的黄色时期，更为了欢迎好用鲜黄的高敢去"黄屋"同住，他有意在十二块画板上画下亮黄的向日葵，作为室内的装饰。

梵谷在巴黎的两年，跟法国的少壮画家一样，深受日本版画的影响。从巴黎去阿罗不过七百公里，他竟把风光明媚的普罗旺斯幻想成日本。阿罗是古罗马的属地，古迹很多，居民兼有希腊、罗马、阿剌伯①的血统，原是令人悠然怀古的名胜。梵谷却志不在此，一心一意只想追求艺术的新天地。

到阿罗后不久，他就在信上告诉弟弟："此地有一座柱廊，叫做圣多芬门廊，我已经有点欣赏了。可是这地方太无情，太怪异，像一场中国式的噩梦，所以在我看来，就连这么宏伟风格的优美典范，也只属于另一世界：我真庆幸，我跟它毫不相干，正如跟罗马皇帝尼罗②的另一世界没有关系一样，不管那世界有多壮丽。"

---

① 阿剌伯：即阿拉伯。——编者注
② 尼罗：即尼禄。——编者注

梵谷在信中不断提起日本，简直把日本当成亮丽色彩的代名词了。他对弟弟说：

"小镇四周的田野盖满了黄花与紫花，就像是——你能够体会吗？——一个日本美梦。"

由于接触有限，梵谷对中国的印象不正确，而对日本却一见倾心，诚然不幸。他对日本画的欣赏，也颇受高敢的示范引导；去了阿罗之后，更进一步，用主观而武断的手法来处理色彩。向日葵，正是他对"黄色交响"的发挥，间接上，也是对阳光"黄色高调"的追求。

一八八八年八月底，梵谷去阿罗半年之后，写信给弟弟说："我正在努力作画，起劲得像马赛人吃鱼羹一样；要是你知道我是在画几幅大向日葵，就不会奇怪了。我手头正画着三幅油画……第三幅是画十二朵花与蕾插在一只黄瓶里（三十号大小）。所以这一幅是浅色衬着浅色，希望是最好的一幅。也许我不止画这么一幅。既然我盼望跟高敢同住在自己的画室里，我就要把画室装潢起来。除了大向日葵，什么也不要……这计划要是能实现，就会有十二幅木版画。整组画将是蓝色和黄色的交响曲。每天早晨我都乘日出就动笔，因为向日葵谢得很快，所以要做到一气呵成。"

过了两个月，高敢就去阿罗和梵谷同住了。不久两位画家因为艺术观点相异，屡起争执。梵谷本就生活失常，情绪紧张，加以一生积压了多少挫折，每天更冒着烈日劲风出门去赶画，甚至晚上还要在户外借着烛光捕捉夜景，疲惫之余，怎么还禁得起额外的刺激？耶诞[①]前两天，他的狂疾初发。耶诞后两天，高敢匆匆回去了巴黎。梵谷住院两周，又恢复作画，直到一八八九年二月四日，才再度发作，又卧病两周。一月二十三日，在两次发作之间，他写给弟弟的一封长信，显示他对自己的这些向日葵颇为看重，而对高敢的友情和见解仍然珍视。他说：

> 如果你高兴，你可以展出这两幅向日葵。高敢会乐于要一幅的，我也很愿意让高敢大乐一下。所以这两幅里他要哪一幅都行，无论是哪一幅，我都可以再画一张。
>
> 你看得出来，这些画该都抢眼。我倒要劝你自己收藏起来，只跟弟媳妇私下赏玩。这种画的格调会变

---

① 耶诞：即圣诞（节）。——编者注

的，你看得愈久，它就愈显得丰富。何况，你也知道，这些画高敢非常喜欢。他对我说来说去，有一句是："那……正是……这种花。"

你知道，芍药属于简宁（Jeannin），蜀葵归于郭司特（Quost），①可是向日葵多少该归我。

足见梵谷对自己的向日葵信心颇坚，简直是当仁不让，非他莫属。这些光华照人的向日葵，后世知音之多，可证梵谷的预言不谬。在同一封信里，他甚至这么说："如果我们所藏的蒙提且利②那丛花值得收藏家出五百法郎，说真的也真值，则我敢对你发誓，我画的向日葵也值得那些苏格兰人或美国人出五百法郎。"

梵谷真是太谦虚了。五百法郎当时只值一百美金，他说这话，是在一八八八年。几乎整整一百年后，在一九八七年的三月，其中的一幅《向日葵》在伦敦拍卖所得，竟是画家当年自估的三十九万八千五百倍。要是梵谷知道了，会有什么感想呢？

---

① 简宁又译为让南或金宁，郭司特又译为库斯特。——编者注
② 蒙提且利：即蒙蒂切利。——编者注

要是他知道，那幅《鸢尾花圃》售价竟高过《向日葵》，又会怎么说呢？

一八九〇年二月，布鲁塞尔举办了一个"二十人展"（Les Vingt）。主办人透过西奥①，邀请梵谷参展。梵谷寄了六张画去，《向日葵》也在其中，足见他对此画的自信。结果卖掉的一张不是《向日葵》，而是《红葡萄园》。非但如此，《向日葵》在那场画展中还受到屈辱。参展的画家里有一位专画宗教题材的，叫做德格鲁士②（Henry de Groux），坚决不肯把自己的画和"那盆不堪的向日葵"一同展出。在庆祝画展开幕的酒会上，德格鲁士又骂不在场的梵谷，把他说成"笨瓜兼骗子"。罗特列克在场，气得要跟德格鲁士决斗。众画家好不容易把他们劝开。第二天，德格鲁士就退出了画展。

梵谷的《向日葵》在一般画册上，只见到四幅：两幅在伦敦，一幅在慕尼黑，一幅在阿姆斯特丹。梵谷最早的构想是"整组画将是蓝色和黄色的交响曲"，但是习见的这四幅里，只有一幅是把亮黄的花簇衬在浅蓝的背景上，其余三幅都是以黄衬黄，烘得人脸颊发燠。

---

① 西奥：即提奥，凡·高的弟弟。——编者注
② 德格鲁士：即亨利·德·格鲁。——编者注

荷兰原是郁金香的故乡，梵谷却不喜欢此花，反而认同法国的向日葵，也许是因为郁金香太秀气、太娇柔了，而粗茎糙叶、花序奔放、可充饲料的向日葵则富于泥土气与草根性，最能代表农民的精神。

梵谷嗜画向日葵，该有多重意义。向日葵昂头扭颈，从早到晚随着太阳转脸，有追光拜日的象征。德文的向日葵叫Sonnenblume，跟英文的Sunflower一样。西班牙文叫此花为girasol，是由girar（旋转）跟sol（太阳）二字合成，意为"绕太阳"，颇像中文。法文最简单了，把向日葵跟太阳索性都叫做soleil。梵谷通晓西欧多种语文，更常用法文写信，当然不会错过这些含义。他自己不也追求光和色彩，因而也是一位拜日教徒吗？

其次，梵谷的头发棕里带红，更有"红头疯子"之称。他的自画像里，不但头发，就连络腮的胡髭也全是红焦焦的，跟向日葵的花盘颜色相似。至于一八八九年九月他在圣瑞米疯人院所绘的那张自画像（也就是我中译的《梵谷传》封面所见），胡子还棕里带红，头发简直就是金黄的火焰；若与他画的向日葵对照，岂不像纷披的花序吗？

因此，画向日葵即所以画太阳，亦即所以自画。太阳、向日葵、梵谷，圣三位一体。

另一本梵谷传记《尘世过客》(*Stranger on the Earth*: by Albert Lubin)诠释此图说:"向日葵是有名的农民之花;据此而论,此花就等于农民的画像,也是自画像。它爽朗的光彩也是仿自太阳,而文生[①]之珍视太阳,已奉为上帝和慈母。此外,其状有若乳房,对这个渴望母爱的失意汉也许分外动人,不过此点并无确证。他自己(在给西奥的信中)也说过,向日葵是感恩的象征。"

从认识梵谷起,我就一直喜欢他画的向日葵,觉得那些挤在一只瓶里的花朵,辐射的金发,丰满的橘面,挺拔的绿茎,衬在一片淡柠檬黄的背景上,强烈地象征了天真而充沛的生命,而那深深浅浅交交错错织成的黄色暖调,对疲劳而受伤的视神经,真是无比美妙的按摩。每次面对此画,久久不甘移目,我都要贪馋地饱饫一番。

另一方面,向日葵苦追太阳的壮烈情操,有一种知其不可为而为之的志气,令人联想起中国神话的夸父追日,希腊神话的伊卡瑞斯[②]奔日。所以在我的近作《向日葵》一诗里我说:

---

① 文生:此处指文森特·凡·高。——编者注
② 伊卡瑞斯:即伊卡洛斯。——编者注

你是挣不脱的夸父

飞不起来的伊卡瑞斯

每天一次的轮回

从曙到暮

扭不屈之颈，昂不垂之头

去追一个高悬的号召

一九九〇年四月

现代绘画的欣赏

（一）何谓现代绘画？

什么是现代绘画？它有多久的历史？它究竟有没有"规矩"？它的"好处"到底在哪里？这恐怕是每一位初看现代画的人都有的问题。比较不耐烦的观众，走马看花之余，也许会说，"又是这些印象派的作品！"然后嬉笑怒骂一番，表现自己的幽默感一番，然后扬长而去。

要了解（或者，更正确地说，欣赏）现代画，必须先把握此地所用的形容词"现代"的意义。"现代"（modern）和"当代"（contemporary）不能混为一谈。"现代"形容精神，"当代"

则仅指时间。几千年前的象形文字，出现在克利或赵无极的画面，是"现代"的。而今天上午在中山堂展出的画，是"当代"的，可能也是"现代"的，更可能竟是"古代"的（或者，更正确地说，"假古代"的）。现代与否，是一观点的问题，并无时间的限制。就不同的程度言，布朗库西（Brancusi）是现代的，毕卡索是现代的，莫内是现代的，甚至康斯泰堡（Constable），艾尔·格瑞科（El Greco），格吕纳华特（Grunewald），[①]也是现代的。

原则上，凡是企图解脱古典绘画的束缚，以追求新观念新价值，并以新形式表现之的作品，皆属现代画的范围。这当然是一个笼统的划分。什么是古典绘画的束缚呢？那便是理性，表现之于画面，便是对自然的模仿（representation of nature），换句话说，便是貌似。古典画家自理性的角度去观察（或者根本不观察）自然，结果把握的是他们"知道"的世界，不是他们"经验"（如果他们也曾经验的话）过的世界，结果他们浮泛地描下对象的外形，而不能把握对象内在的生命。表现在技巧

---

① 康斯泰堡又译为康斯特布尔或康斯太勃尔，艾尔·格瑞科即埃尔·格列柯，格吕纳华特即格吕内瓦尔德。——编者注

上的，乃有透视，确切的轮廓，明暗的烘托，解剖学的运用，结构的对称等等。表现在取材上的，乃有神话、历史、宗教、贵族人像等等"严肃而优雅"的主题。

现代画之异于古典画，即在于现代画从理性的观点，常识的范围解脱出来，打破自然形象的桎梏，或作形式上新秩序的组合，或作内在性灵生活的探索。一般观众判断艺术品的标准，首先在于貌似。他们要求逼真，要求维妙维肖。赞美一幅画，他们说"像是真的一样！"而欣赏一片风景，他们又说"真像一幅图画！"这种审美的要求原可由摄影师来满足，不必劳驾艺术家。摄影师的任务是记录自然，而艺术家的任务是探索性灵，他必须超越自然，才能把握性灵，表现个性。

古典画既以追随自然为能事，遂令人有千篇一律之感。从文艺复兴到十九世纪的学院派画家，如安格尔及大卫，莫不临摹自然，画家与画家间的差别实在是有限的。本质上，印象派的画家仍是临摹自然的，而且（由于在户外写生）比古典画家更接近自然。及塞尚出现，将自然看成"圆柱体、球体、和圆锥体"，自然乃开始在画中呈现新的秩序，而画家也开始主观地再安排自然。反自然的运动自塞尚与高敢始，历象征主义，野兽主义，立体主义，而至抽象主义，自然的外貌不复保留，而画家们也从改变自然趋于把握独立形象。一幅抽象画表现的只是画家个人的性灵状态，而不是一片风景，或一个少女了。

在另一方面，由于解脱了理性的束缚，画家们乃走出常识所承认的现实，而发现无穷无尽的大千世界。以前是阳光之下无新事（事实上古典画的世界并无阳光），至此而阳光之下莫非新事，何况更发现了月光及星光下的世界，梦的世界，潜意识的海底世界。先是马内、莫内、戴嘉、罗特列克、雷努瓦从神话走向现代，[1]从上流社会走向中下流社会，从伟大的主题走向并不表现什么主题的生活横断面。本质上说来，印象派诸画家的世界仍是一个常识的世界。到了梵谷、孟赫[2]（Munch），安索（Ensor），卢梭（Henri Rousseau），一个反理性的世界始展露在画家的笔下。自梵谷、卢梭始，历表现主义，达达主义，超现实主义，而迄于抽象主义，常识世界被画家们放逐了，取而代之的是一个多彩多姿，自由活泼，超越了三度空间的梦幻世界。在这世界里，钟表的统治被否定，丈夫可以飞起来俯吻太太，巨型的蛋矗立于建筑物中，不可思议的物体在沙漠中做

---

[1] 马内即马奈，戴嘉即德加，罗特列克大陆又译为劳特累克，雷努瓦即雷诺阿。——编者注

[2] 孟赫：即蒙克。——编者注

187

些不可思议的动作,甚至画面并无物体,只有不同的几何形在表演形而上的戏剧。不具物体,而形态无穷;不可思议,而特别动人遐想,至是绘画成为灵魂的手势,不复是现实生活的表现了。

一般艺术史家咸以十九世纪中叶崛起于法国的印象主义为现代画的开端。自一八六三年第一次印象派的画展迄今,现代画已有一百年的历史。严格说来,现代绘画应该始于所谓"后期印象派"的塞尚、梵谷,与高敢;塞尚的兴趣偏于形式,梵谷的影响偏于内容,高敢似乎兼有两者。是以前承三人而后启抽象主义的现代画重要派别,似乎可以归入两类,其偏于形式安排者为野兽主义,立体主义,其偏于内容之把握者为表现主义,超现实主义。现代画之发展大致如此。

此地我要请读者们特别注意的是:任何艺术派别或主义,大抵只是后之学者根据原则上相同的趋势,作便于指认并讨论的区分而已。同一派别的作者,大同之中仍有小异(甚至不小之异),此其一。同时艺术,与文学,音乐一样,是一个生生不息,变异不居的有机体。区分时代,标识派别,不过权宜之计。抽刀断水水更流,艺术的演变如江河,不是一节节车厢接成的火车。指定一八六三年以前的作品是古典画,而其后的作品是现代画，是不真实的，此其二。所谓"反叛传统"只是创作家借以自励（同时也是必要）的态度，并不存在于艺术史家心目之中。千万不要以为现代画便完全否定了古典画的价值，而且，像维纳斯诞生于海浪一样，转瞬便已成形。

例如卢阿①（Rouault），虽然也参加马蒂斯等野兽派的展出，且被后之史家纳入该派，他自己却宣称："我觉得自己并不属于这时代……我真正的生命属于大教堂的时代。"不错，卢阿的技巧颇受马蒂斯的影响，题材甚类罗特列克，然而他是有道德观念的，而他那交织如网的粗线条以及鲁拙如碑的面积感却来自中世纪教堂的彩色玻璃。又如莫地里安尼②（Modigliani），他虽然和乌特利约③等同称巴黎派的画家，在风格上他仍然遥遥继承本国（他是意大利人）十六世纪时形式主义的绘画。他的许多女像（图一）④都令我们想起鲍蒂且

---

① 卢阿：即乔治·鲁奥。——编者注
② 莫地里安尼：即莫迪里阿尼。——编者注
③ 乌特利约：又译为莫里斯·郁特里罗或莫里斯·于特里约。——编者注
④ 此文原为《现代知识》周刊而写。限于版权问题，不再刊出当时见报的四幅插图。图一为莫迪里阿尼的《扎辫子的女孩》，图二为波提切利的《维纳斯的诞生》，后文第198页提到的图三为莫奈的《搁浅的船》，图四为克利的《火场》。

利[1]（Botticelli）优雅的线条和秀逸的风范（图二）。克伊里科[2]（Giorgio de Chirico）为现代画中玄学派的领袖，然而他的画面却恢复了古典画最传统的技巧：透视。艺术源流之不可断者如此。反传统也者，只是一种剪断脐带的潇洒手势，脐带此端的婴孩根本是彼端的母体孕育出来的。可是话得说回来，向传统吸取灵感并不等于模仿。例如卢阿虽学习中世纪的工艺，却用以批评他那时代的法官，同情他那时代的妓女。莫地里安尼学习鲍蒂且利，他的人像的五官比例是夸张的，他的女体是延长的，他的色彩（尤其是背景）是野兽派风的。克伊里科的透视师承传统，可是古典画中哪里有这么几何化的建筑趣味？哪里有这种强烈得令人不安的阴影？由此可见模仿是一回事，吸收又是一回事。现代画一面反传统，一面不断地吸收传统而超越之。被崇奉为上帝第八日之创作的毕卡索，他的所以伟大，并不在于把传统一齐消灭，而在于他综合了一切传统而启发了一切新的运动。

观众常要怀疑，现代画画得这么"光怪陆离"，到底有没

---

[1] 鲍蒂且利：即波提切利。——编者注
[2] 克伊里科：即乔治·德·基里科。——编者注

有什么"规则"呢？所谓规则，原是从已有作品中归纳而成。有了米开兰基罗①，有了他那扭曲的圣母躯体，始有文艺复兴那种S状的人体典型。同样地，有了雷惹②（Fernand Leger），始有机械零件式的人体。那么我们为什么要在立体派的作品中找透视，在夏戈③（Chagall）的作品中寻万有引力，或是向杨英风、庄喆、刘国松、韩湘宁、吴昊等的抽象画中索取具体的物象？当旧的"规则"破坏后，必有新的规则产生。问题在于：新的规则是否诚实而且成熟？伊卡勒斯④（Icarus）要舍弃人类步行之规则，创造以翼飞行之规则，可是他那蜡贴的翅膀尚未成熟，经不起阳光的熔化，终于坠海而死。莱特兄弟的努力成熟了，所以他们的规则站住了脚。

十八世纪末年，英国著名人像画家雷诺兹爵士（Sir Joshua Reynolds）在伦敦学院宣称蓝色绝不可能用来做一幅画的基调。另一人像画家盖因斯博洛⑤（Thomas Gainsborough）

---

① 米开兰基罗：即米开朗琪罗。——编者注
② 雷惹：即费尔南·莱热。——编者注
③ 夏戈：即夏加尔。——编者注
④ 伊卡勒斯：即伊卡洛斯。——编者注
⑤ 盖因斯博洛：即托马斯·庚斯博罗。——编者注

提出抗议。两人的争论轰动了伦敦。结果盖因斯博洛完成了他那幅以蓝色为基调，绿色为辅调的《蓝童》①，乃使艺术界相信这样做法是可以成功的。雷诺兹爵士当初认为不可能，那是因为向古典画中那种暗红，浅金，以及不同层次的棕色去找规则。对于现代的观众，这种偏见岂不可笑？看惯了梵谷的蓝色自画像，毕卡索"蓝色时期"的作品，以及马尔克②（Franz Marc）的蓝马群，还会有谁面对《蓝童》大惊小怪？我们认为已经陈旧的作品，在十八世纪竟被认为不可能存在。安知后之视今，不如今之视昔？

另一个例子比前面的蓝色之争更严重，也更尖锐化。地点仍在伦敦，不过时间已在百年以后。这一次的问题也出在一位名人身上。罗斯金（Ruskin），十九世纪中叶英国最有势力的艺术批评家，当时英国人艺术品味的代表人物，却不能欣赏同时代的一位优秀画家，惠斯勒（Whistler）。罗斯金欣赏的是罗赛蒂等"前拉菲尔派画家"和后来影响法国印象派的窦纳③（Turner）。他竟然完全不能接受与印象派作风相近，好用音乐

---

① 《蓝童》：即《蓝衣少年》，又名《忧郁的男孩》。——编者注
② 马尔克：即弗朗茨·马克。——编者注
③ 窦纳：即透纳。——编者注

标题，颇受日本画影响的惠斯勒，尤其是那幅《黑色与金色小夜曲》。罗斯金的攻击形诸文字，他骂惠斯勒有意欺骗，他说"关于伦敦低级社会的无耻作风，前此我所见所闻也已不少，可是从未料想到，一个花花公子向观众的脸上倾泼整罐的颜料，竟敢索取两百基尼！"惠斯勒乃向法院控告罗斯金公开毁谤，结果惠斯勒胜诉，可是根据判决，他仅得一枚铜币的赔偿，而诉讼费使他破产了。现在看来，惠斯勒并不伟大，也不很具革命性。他与印象派的大师戴嘉为友，可是印象派的两大发现——瞬间印象之把握，与纯粹色彩之并列以代替古典画之诸色调和——之中，惠斯勒仅得其前者。他的作品仍太单薄，他的风景太纤细朦胧，他的人物太平面化。在我们嫌太保守的作品，十九世纪的艺术批评权威却认为太新太古怪。同样是一件艺术品，第一代的观众认为丑恶，荒谬，甚至伤风败俗，到了第二代自然会欣然接受，到了第三代被悬之艺术之宫，奉为经典，而第四代恐怕就要唾之为古董了。一部艺术史就是这种好恶之交替。

（二）观众应有的认识

以上所说将等于废话，如果亲爱的观众不去看现代画的展览，或者欣赏现代画的复制品。与其诉苦说现代画难懂，不如多花点时间去尝试接受。艺术的传达是双方面的。艺术品的优秀和观众的准备，皆是必须的条件。准备不够成熟而断言作品不好，一半损失仍在观众。以我个人经验为例，我在译《梵谷传》前的四五年才开始接触到梵谷的作品。开始我简直觉得他的画粗俗甚至丑恶，看他的画，我的胃会微感不适。从厌恶到忍受，从忍受到接受，而热爱，而介绍，其过程是缓慢然而是深刻的。然则观众应有些什么基本认识呢？我愿作下列的几点建议。

1. 用你的直觉去体验，不要用你的理性去了解；有了体验，自然会有了解。艺术的欣赏等于生命的再经验。画家将他对生命的感受用色彩，线条，光影等保存在画布上，让观众透过这些媒介不断地再经验到他原来的那种感受。事实上，恐怕没有一个观赏者能铢两悉称地再经验画家原有的经验。媒介的成功与否，以及观赏者感受的能力，都是决定性的因素。画家的工作与观赏者的工作恰恰相反。画家将某种性灵的经验变为物质的符号，而观赏者将物质的符号还原为性灵的经验。用浅显而方便的名词说，便是画家的活动由内容向形式，而观赏者的活动由形式向内容，后者的活动正是直觉的活动。用直觉，你才会欣赏马蒂斯的三手指与夏戈的七手指，才会欣赏毕卡索的两面人与克利的鬼面信封，才会欣赏康定斯基的戏剧性的几何构图与米罗的形而上的线条游戏。直觉的世界开始于常识世界的边境。画家的背景，技巧的说明，题材（如果有题材）的注解，创作的动机等等，只能"帮助"或"促进"你去欣赏，并非必要的条件。完全知道糖的化学成分及制造经过，而不能吃出糖是甜的，等于不知糖之为物。欣赏艺术亦可作如是观。作品不是让你去分析的，而是让你去享受的。因此，你不可完全信赖批评家，教授，或任何作者。

2. 然而永远用直觉作被动的接受，仍是不够的。等到你久久喜欢一张画后，你也许就会不安于相看两妩媚的忘我境界，而要主动地去发掘一些象征的意味，整理一些形式的秩序，研究一些创作的原则。对于每一件作品，每一位画家，你应该能攫住其基本的技巧及精神。你应该能发现梵谷以短而持续的波状曲线创造出一个骚动的世界，塞拉①以千万点纯粹的颜料点出一个安静的世界（因此他的马戏团就不成功）。你应该能把握塞尚厚实的体积感，康定斯基飘逸的音乐感；你必须看出毕卡索怪诞后面的幽默感，或是格罗兹（Grosz）混乱之中的道德感。然后你就能看出：整部现代艺术史，就技巧言，便是对于纯粹形式的追求过程；就精神言，只是为了超越现实，肯定个性。一句话，由外而内，由形而下向形而上。

最后，我必须就观众最常犯的错误作一次正名的工作。篇幅所限，我不能在此详释现代的各种主义或派别。可是有两个名词的含义是必须澄清的：那就是印象派及抽象派。上至艺术大师，下至中学生，都爱把他们认为"看不懂"的画叫做印象派或抽象派。加上一个象征派，这三头象实在够我们一摸的。

印象主义（Impressionism）是十九世纪末年发生于巴黎的一个艺术运动。受了英国的窦纳与康斯泰堡等画家的启示，复受谢夫洛尔及路德的光学原理与戴拉克鲁瓦②的日记所影响，

---

① 塞拉：即修拉。——编者注
② 戴拉克鲁瓦：即德拉克洛瓦。——编者注

这一派画家主张：（一）一幅画应该把握瞬间视觉感受物体的印象，而不是理性告诉我们的该物体在任何时间都应有的形状。是以印象派画中的物体都存在于一定时间及空间之中，而不是理性之中的观念。（二）他们发现，即使在物体的阴影中，仍有变化万状层次不同的色彩，并非一片灰黑或暗棕色。而这种色彩的层次，与其用各种颜料调和起来表现，不如用不同的（往往是相对的）色彩相邻并立来表现，而让观众的视觉去调和，去接受综合的效果。是以印象派的画面，五光十色，令人感到这毕竟是一个有太阳的世界。

抽象艺术（abstract art）应有二解：广义地说来，从立体主义、米罗、克利，以迄今日的纯抽象画，凡或多或少扬弃自然外貌的作品，皆得谓之抽象画。塞尚将自然分割为几何形，可说是抽象的开端，甚至马内也自称"将自然抽象化"。狭义地说来，纯粹的抽象画乃指完全放逐自然外貌而以色彩、线条等最基本的媒介来表达画家内在性灵的作品。这一派的画家要使绘画追随不落言诠，排除意义的音乐和建筑。康定斯基自一九一〇年起，主张绘画要纯粹而富动感如音乐，蒙德里安自一九一七年起，主张绘画要纯粹而饶静趣如建筑，是为抽象画二大观念之先驱。由此看来，无论就广义或狭义而言，抽象派都是反对印象派的。凡属印象画，皆或多或少地貌似自然，绝不至于不可辨认物体。读者请比较印象派（图三）和抽象派（图四）的作品，当可明白。

一九六一年三月，美术节前夕

毕卡索——现代艺术的魔术师

God proposes, Pablo disposes.[①]

上帝第六天造人，第七天休息，第八天造毕卡索。要用几千字把这位现代艺术的魔术师交代明白，是一件不可能的事。毕卡索之创造新的风格，直如魔术师之探囊取兔。毕卡索是现代艺术的焦点，现代艺术的一个辐射中心。毕卡索集现代艺术的各种流派于一身，如一条线之贯穿珍珠。没有毕卡索，现代艺术将整个改观。

毕卡索在现代艺术的地位是重要而特殊的。近百年来的西

---

① 此句直译为：上帝谋划，巴勃罗（指巴勃罗·毕加索）执行。——编者注

方艺术，凡是重要的潮流，恐怕除了野兽主义以外，没有一支不是肇始于他，或被他吸收而善加利用的。他的变化千汇万状，层出不穷。马蒂斯功在承先，毕卡索则既集大成，复开后世。他曾经咀嚼过塞尚的"圆柱、圆球，与圆锥"，而以之哺育雷惹、格瑞斯①、米罗，以迄纯粹主义、未来主义、玄学画派，及早期的抽象主义等画家。由他和布拉克创导的立体主义，几乎影响了其后一切的画派；没有立体主义及其支派，也绝不会产生作为抗议的达达主义和超现实主义。然而即使是超现实主义的画家，如夏戈、格洛兹②、恩斯特、米罗等，在颇带几何风味的构图上，也逃不了立体主义的影响。

如果说，毕卡索是现代艺术最重要的大师，应该不算武断。在精深方面，也许有别的艺术家可以与他分庭抗礼，甚且超越过他。在博大方面，则除毕卡索外不作第二人想。他也许不如克利那么深奥，德·克伊利科③那么富于玄想，也不如康定斯基

---

① 格瑞斯：即格里斯。——编者注
② 格洛兹：即格勒兹。——编者注
③ 德·克伊利科：即乔治·德·基里科。——编者注

和德罗内①那么能文善辩，或是梵谷、科科希卡②、德·库宁那么白热化的紧张，可是在多才、多产、多变的方面，没有人能够和他匹敌。他的创作方式包括油画、石版画、铜版画、树胶水彩画、铅笔画、钢笔画、水墨画、炭笔画、剪贴、雕塑、陶器等等。即以雕塑一道而言，他的天才往往似乎急不择材：青铜、锻铁、合板、泥土、布料、木材，甚至残缺的五金用具，都可以用来表演他的点金术。篇幅的大小也无往而不利。他不像克利那样局限于十八吋乘十二吋的灵魂的即兴，也不像奥洛斯科③那样必须驰骋于巨幅的墙壁。他可以纳自然于十吋之内，如他为女儿巴萝玛④（Paloma）作的画像；也可以陈想象于教堂之中，如他为瓦洛里"和平之庙"所作的一八八吋乘四〇八吋的壁画《战争》与《和平》。他的多产也是惊人的，这位巨匠根本不知疲倦为何物。朋友们去瓦洛里或昂蒂布看他；草地上堆着他的雕刻品，画室中悬满他的新画，置满他新烧的陶器，而他还会一批又一批地搬出别的近作来，一直要到来宾看累了

---

① 德罗内：即德劳内。——编者注
② 科科希卡：即科柯施卡。——编者注
③ 奥洛斯科：即奥罗斯科。——编者注
④ 巴萝玛：即帕洛玛。——编者注

为止。我们都知道，某些创造大师，如克利、艾略特、里尔克、法耶①（Manuel de Falla）等，每有作品，都是深思熟虑，得之不易。毕卡索则似乎可以任意挥霍其取之不尽用之不竭的天才。某些大画家，如梵谷与克利，其作品总产量皆有统计。唯毕卡索的产品，似乎迄今尚无人敢从事估计的工作，因为往往在给朋友的信上或信封上，他都要附带画几笔的。

至于风格之变易不居，毕卡索简直是航行于没有航海图之海中的奥狄西厄斯②（Odysseus），不，简直是不可指认的善变之海神普洛丢斯③（Proteus）。他消化过土鲁斯·罗特列克和戴嘉，他能就库尔贝和戴拉克鲁瓦之原作变形，他能画得像新古典大师安格尔那么工整凝练，也能像文艺复兴大师拉菲尔④那么和谐端庄。从早期的自然主义到表现主义，从表现主义到古典主义，然后是浪漫主义、写实主义、抽象主义，复归于自然主义。然而毕卡索并不是艺苑的流浪汉，随波逐流而无主见，只是他的天才要求表现上的绝对自由，且不为狭窄之派别所囿。

---

① 法耶：即曼努埃尔·德·法雅。——编者注
② 奥狄西厄斯：即奥德修斯。——编者注
③ 普洛丢斯：即普鲁吐斯。——编者注
④ 拉菲尔：即拉斐尔。——编者注

现代画有许多大师，一生只在重复既有的少数风格，例如卢阿、莫地里安尼、傅艾宁格尔[①]、德·克伊利科等等皆是。他们只是突起的奇峰，而毕卡索是连绵的山系。

可是在这一切缤纷的变化之中，毕卡索保持他不变的气质。本质上说来，毕卡索是一位巴洛克（Baroque）式的艺术家。久居法国，亦成名于法国的毕卡索，一直保持他原籍西班牙的那种传统气质：华丽，凝重，且带点悲剧性。所谓"巴洛克"，原系指十七、十八世纪西欧艺术那种神奇，怪诞，过分装饰的一种风格。西班牙画家，如戈耶[②]、鲁奔士[③]，甚至原籍希腊的艾尔·格瑞科，皆表现此种气质——这也就是何以西班牙产生了两位超现实主义的画家：米罗和达利。这些传统的西班牙大师，加上巴洛克风的建筑家高地[④]（Gaudi），形成了毕卡索的民族遗产。此外他更吸收了希腊罗马的神话，非洲土人的原始艺术，北欧的哥德[⑤]（Gothic）精神，以及自文艺复兴以迄库尔贝的自然主义之全部技巧。毕卡索是一个充满了矛盾的综合体。要了

[①] 傅艾宁格尔：又译为利奥尼·费宁格或莱昂内尔·费宁格。——编者注
[②] 戈耶：即戈雅。——编者注
[③] 鲁奔士：即鲁本斯。——编者注
[④] 高地：即高迪。——编者注
[⑤] 哥德：即哥特。——编者注

解他这些相异甚至于相反的风格，且让我们像一般的艺术批评家那样，将他的创作分成几个显著的时期来简述：

（一）蓝色时期（Blue Period）：自一九〇一年迄一九〇四年，是毕卡索的"蓝色时期"。这时毕卡索刚刚二十岁出头，初自西班牙去巴黎，尚未成名，和蒙马特尔的波希米亚族出没于阁楼、咖啡馆，及夜生活的世界。贫穷、寂寞，和忧郁原是西班牙画家的传统主题；加上初受戴嘉和土鲁斯·罗特列克的技巧的影响，毕卡索，像艾尔·格瑞科那样，将贫病无依的流浪人体拉长，裸露，且置之于一个甚为阴郁而且神秘的蓝色世界里。那蓝，惨幽幽的，伤心兮兮的，具有单色构图特具的那种以情调胜的 tone poem[①] 之感。无怪乎美国诗人史蒂文斯（Wallace Stevens）看了这时期的作品之一，《弹吉他的老人》，不禁要写那首四百行的长诗了。论者或谓，这些作品颇有抄袭土鲁斯·罗特列克之嫌。我不以为然。戴嘉和罗特列克画中的舞女及可怜人物是绝缘的美感对象，不如毕卡索笔下的人物那样富于表现主义的精神。也就是说，前者比较客观，后者比较主观。

---

① tone poem：意为音诗、诗曲，文学性的管弦乐曲。——编者注

（二）玫瑰时期（Rose Period）：或称小丑时期（Harlequin Period），为期凡两年（一九〇五至一九〇六）。当毕卡索的生活比较愉快时，他的调色板也明亮起来。他的画中人物从惨蓝色的单色（monochromatic）的世界里走出来，步入一个以玫瑰为基调而以其他色彩为辅调的空间。显然，色调（tone）转为轻柔，线条也比较流动，给人一种飘逸不定的感觉。可是这些作品予观众的印象仍非兴高采烈的快乐，而是一种以满不在乎的表情为面纱的淡淡的哀伤，与乎病态美。这时他的笔下出现的不复是蓝色时期那些街头琴师，营养不良的孩子，倦于工作的妇人、跛子、盲丐，或是饥寒交迫的家庭。代替他们的是马戏班的谐角与卖艺者。毕卡索攫住了这一行全部的诗意，也攫住了那种倦于流浪，娱人而不能自娱的落寞心情。里尔克的《杜依诺哀歌》（Duino Elegies）第五首，便是自这时期的杰作之一，《卖艺者之家》（Les Saltimbanques），得来的灵感。

（三）原始时期（Primitive Period）：此期凡历一九〇七及一九〇八两年，俗称"黑人时期"（Negro Period），或"艾比利亚[①]非洲黑人时期"（Iberian-African Negro Period）。所谓艾

---

① 艾比利亚：即伊比利亚。——编者注

比利亚（Iberia），乃今日西班牙及葡萄牙二国所在地之半岛的古称。这时毕卡索渐渐脱离了前两期那种诗意盎然的写实主义，而注意到卢佛宫[1]展览的古艾比利亚雕刻，并以其风格为美国旅法女作家史泰茵[2]（Gertrude Stein）画了一个像。一九〇七年春天，为了向马蒂斯的巨构《生之欢乐》（La Joie de Vivre）挑战，毕卡索开始构想一幅具有划时代意义的力作，那便是后来成为立体主义序幕的《阿维尼荣的姑娘们》[3]（Les Demoiselles d'Avignon）。此画进行到一半时，马蒂斯（一说为德兰）把非洲黑人的雕刻和象牙海岸的扁平面具介绍给毕卡索。这说明了何以在《阿维尼荣的姑娘们》一画中，左边三个人像是艾比利亚式的，而右边两个人像是非洲式的。"原始时期"是毕卡索艺术中最重要的时期，因为它是毕卡索艺术的转捩点。我们知道，风格缤纷撩乱的毕卡索，往往一面开拓新的疆土，一面回到旧的领域去探索新的可能性。他往往左手画着希腊古雕刻一般的线条，右手作奇异的变形人物。可是在"原始时期"之后，他不再重复"蓝色时期"与"玫瑰时期"的风格。《阿维尼荣的姑

---

[1] 卢佛宫：即卢浮宫。——编者注
[2] 史泰茵：即格特鲁德·斯泰因。——编者注
[3] 《阿维尼荣的姑娘们》：即《阿维尼翁的少女》。——编者注

娘们》正是这最重要的时期的一座里程碑，因为画中那近乎几何形的构图法，和扬弃了古典的透视及明暗烘托（chiaroscuro）的平面色彩，导致了日后的立体主义，而右边两个人像的脸形，更遥启晚期出现在他作品中的超现实风的变相。世纪末的病态的欧洲文明，面临"穷"的死巷，它需要变。弗罗伊德①的学说创导于先，艺术家们的反和谐运动响应于后。在音乐界，毕卡索的好友史特拉夫斯基②，亦受了此种原始精神的感召，于是写成他那继承林姆斯基·柯萨科夫③之传统的《火鸟》之后，即着手写那以异教的野蛮祭典为主题的《春祭》。塞尚的启示，卢梭（Henri Rousseau）的原始风味，野蛮民族的艺术，甚至四度空间的理论，加上好作逻辑思考的布拉克（Georges Braque）的互相激励，乃促成了始于一九〇九年的立体主义。

（四）立体主义时期（Cubist Period）：所谓立体主义，从艺术发展史的观点看，是对于稍前的野兽主义那种耽于官能感觉的放纵的色彩与线条所作的反动。从哲学的观点看，它是对于自然充满了信心的"形象上的再安排"（formal re-

---

① 弗罗伊德：即弗洛伊德。——编者注
② 史特拉夫斯基：即斯特拉文斯基。——编者注
③ 林姆斯基·柯萨科夫：即里姆斯基-柯萨科夫。——编者注

arrangement）。所以立体主义是知性的，也是乐观的；它的缺点也在此，因为它欠缺灵的成分。塞尚在其创作及理论中，只拟简化自然为"圆柱、圆球及圆锥"，并未涉及"立方体"，然而几何构图的观念一经开始，布拉克和毕卡索自然而然地推进到"立方体"的结论。所谓立体主义，并无意用古典的透视法将自然表现得富于立体感，而是要将自然简化并分割成一个一个独立的小立方体。因此在早期的立体主义，亦即所谓"分析的立体主义"（Analytic Cubism）之中，物体（包括人物、静物等）往往像以儿童玩的积木筑成。值得注意的是：这些画给观众的真正印象是非"立体"的，因为一切物象的碎片均给铺陈在画布的"平面"上，其背景并无纵深感。理论上，画家要使观众对分成小立方块的物体作"面面观"，时而瞥见一物之左侧，时而瞥见其右侧。

渐渐地，这种"分析的立体主义"手法被发挥到了山穷水尽的地步，于是画中的立方体变成扁平的方形而交互重叠，继而三角形、椭圆形、长方形、菱形等其他几何形出现于画面，终于物体的原形，或部分，或全部重现于画面，而穿插闪躲于几何构图之间。色彩也由沉闷的单色变成复色。到了这时，"综合的立体主义"（Synthetic Cubism）便开始了，而格瑞斯和雷惹也参加进来。自一九〇九以迄一九一四的五六年间，是毕卡索（也是其他画家，如布拉克）的"立体主义时期"；而一九〇九迄一九一三为"分析的立体主义"，一九一三迄一九一四为"综合的立体主义"。这种以简化而武断的纯粹几何形体来重新安排自然的技巧，不久便影响了整个欧洲艺坛：未来主义、纯粹主义、构成主义、光谱主义，甚至蒙德利安[①]和康定斯基的抽象主义相继出现，并且深受立体主义的启示。可是立体主义是唯智的，机械的，单调、客观、静止，缺乏人性而且脱离现实。为了反抗立体主义，遂有克利及夏戈，以及超现实主义的兴起。

（五）铅笔画像时期（Pencil Portraits Period）：这个时期自一九一五年开始，大约迄一九二〇年为止。这时的毕卡索，摇身一变，忽然自立体主义的"贴纸"（papiers collés）跃向几乎是安格尔的新古典主义。一九一五年，他为伏拉尔画了一张非常逼真的铅笔画像，有透视，也有明暗烘托。其后多年，铅笔画（有时亦用钢笔、铜版等，要之皆以线条为主）一直是他表现优厚的传统修养的方式。他的线条，有时遒劲明快，寥寥几笔，天衣无缝，有时曲折柔和，细腻婉转，有时亦分明暗，

[①] 蒙德利安：即蒙德里安。——编者注

巧为烘托。一般说来，他的线条不如克利的生动而且微妙，可是克利原是画家中最善把握线条的大技巧家。在他的"芭蕾时期"，他更为史特拉夫斯基、法耶、狄亚吉烈夫、沙蒂[1]等作了多幅精巧的速写。所谓"芭蕾时期"，是指一九一七年，他为马辛的《游行》及法耶的《三角帽》两芭蕾组曲设计服装及布景等的一段时间。这些芭蕾演出非常成功，也使毕卡索声誉日上，闻于全欧。

（六）古典时期（Classic Period）：大约自一九一八迄一九二五年，为他探索古典传统，推陈出新的阶段。在心情上，他大大地成名了，且与芭蕾舞女奥尔嘉·科克萝娃[2]结婚。在艺术上，他与高克多[3]畅游那不勒斯及庞贝城，古罗马的壁画与古希腊的雕刻对他启示极深。这双重因素导致了他的古典时期。他的画面开始变得凝重、安详、富足、和谐；他的构图富于体积感，而色彩也厚实瑰丽，予人温暖之感，尤喜变化棕色及黄色。他的女体，在"蓝色时期"是那么嶙峋，在"玫瑰时期"是那么纤弱，此时却厚实了起来，胖甸甸的，到了不能转肘曲

---

[1] 沙蒂：即萨蒂。——编者注
[2] 奥尔嘉·科克萝娃：即奥尔加·科赫罗娃。——编者注
[3] 高克多：即科克托。——编者注

膝的程度，给人以"象皮病"（elephantiasis）的印象。极为夸张的《赛跑》，富于传统含蓄的《白衣女》，重大如雕刻的《母与子》，作棕色变调的《静物与残头》等，都是此期的代表作。而出入于此时之末期，在一九二三年左右，毕卡索复表现出浪漫的倾向，画了许多民间题材及斗牛等的作品，令人想起戈耶。

（七）变形时期（Metamorphosis Period）：亦称"怪诞复象时期"（Grotesque and Double Image Period），始于一九二五年，其后断断续续，直到第二次大战（一九三九——一九四五）方告结束。超现实主义兴起于一九二四年，一时马松、达利、唐基、恩斯特等活跃于艺坛，引起了毕卡索竞争的兴趣。可是毕卡索就是毕卡索，他是不能归类的。他认为超现实主义的画家们所乞援的技巧是文学家的（literary），非画家的（painterly），也就是说，像达利这种画家的作品之中，文学的主题太显著，非艺术的技巧所能负担。毕卡索的近于超现实主义的作品，恒能将超现实的因素融化于独创的构图形式之中。当超现实派的画家们宣称毕卡索是属于他们时，毕卡索却静静地进行他的变形程序。

在"古典时期"的末期，毕卡索并未完全放弃他的立体主义。他从"综合的立体主义"那种若隐若现的人体（例如一九二一年那富于谐趣的《三乐师》）发展到变态的人体。从古典的硕健妇人到以骨架筑成的富于雕塑感的海滨浴女，再从这些浴女变成四肢易位，五官互调，而且扭曲成趣的人体，原是一种有趣的过程。值得注意的是：这种变形的过程，始于直线切割的建筑，而终于曲线回旋的交叠，更进一步，便进入他那有名的"复象"（或"两面人"）阶段了。

我们知道，一切"平面艺术"（graphic art）皆是二度空间的（two dimensional）。古典作品要在这平面上借透视和明暗烘托以造成三度空间之立体感。毕卡索则要在二度空间之中表现四度空间，他要以"复象"来把握第四度的时间。意大利的未来派画家，也曾拟用千轮的火车，和百足的狗，来表现速度。毕卡索的"复象"往往合正面观与侧面观于一瞥，使你有绕行而观之感。以他那幅有名的《少女临镜》（*Girl before a Mirror*，一九三二）为例，右边的镜中映出左边少女之像，而左边的少女呢，合而观之为伊正面，仅取左半则为侧面，一瞬而及伊两面，正是少女临镜转侧，顾影自怜之态。再看她的身体，则其衣半掩，其乳若裸，其肋骨历历可数。这种现象，根据毕卡索的自述，原是一个少女"同时着衣、裸体，且受X光透视"之三态。很多观众不能欣赏，甚或忍受这种"丑怪"的变形。其实这只是习惯的问题。

艺术要讲效果，便需要强调，使重要的部分突出且省略不必要的部分。明乎此，当可了解米开兰基罗的回旋人体，和艾尔·格瑞科的延长四肢；也可了解许多现代作品。

（八）表现主义时期（Expressionistic Period）：到一九三五年为止，这种变形的作品多半是形象上的玩索，不太着重性灵的表现，也就是说，技巧虽是主观的，题材却是客观的。到了第二次大战前数年，由于希特勒之迫害自由与祖国之水深火热，毕卡索的人道精神在他的作品中昂首反抗了。牛，面目狰狞，头角峥嵘，且具人体的雄性怪兽，开始出现在他的画中，它代表法西斯和纳粹，也广泛地象征一切暴力与集权，正如马是象征弱小的民族。这些观念来自西班牙的民俗与克里特岛的神话。毕卡索称牛为"密诺托尔"（Minotaur，半人半牛之妖兽，后为西息厄斯所除），①而题其画为《盲目的密诺托尔》《密诺托尔曳垂死之马》《斗牛》等。在一九三五年的《斗牛》（Minotauromachy）一图中，斗牛士反为牛所乘，所持之剑为牛所倒握，指向马首，耶稣则攀梯而逃，而和平之少女则伏在楼窗上作壁上观。

可是这一时期的代表作仍数一九三七年的巨幅油画《格尔

---

① 密诺托尔即弥诺陶洛斯，西息厄斯即忒修斯。——编者注

尼卡》(Guernica)。格尔尼卡原为西班牙巴斯克（Basque）省之一小镇。一九三七年，纳粹党人为了试验新制的炸弹在爆炸与燃烧两方面的威力，竟选了四月廿六日，格尔尼卡镇的赶集之日，向不设防的无辜市民，猝施轰袭。这幕悲剧延续了三小时半，一共屠杀了两千人民，旋即轰动欧洲各国。这时国际商展即将在巴黎举行，西班牙政府敦请毕卡索为展览会场的西班牙馆作一幅巨构。愤怒而爱国的画家立即决定用这幕悲剧作他的主题，整个五月间，他以全副精力从事这伟大的创作。在他终于完成那幅一四〇吋乘三一二吋的巨画之前，他曾用铅笔、钢笔、粉笔作过无数草稿，并试过多幅单色油画及水墨画。可见《格尔尼卡》虽是杰作，却非天才横溢的即席挥毫，而是悬梁刺股的辛苦奋斗。构图屡经修改：例如原是踣地待毙的马，在定稿中却引颈昂首，作临终之悲嘶；原是居中伏地而一手指天的战士，后来却移向左端，仰天而呼。既完成的《格尔尼卡》有两人高，四人长，纯以黑白对照而叠以浅青及淡灰；人与兽，母与子，脸与四肢，都在一阵猝临的混乱和尖锐的痛苦中扭曲着，分割着，嗥号着。格尔尼卡的个别苦难成为全人类的大悲剧，毕卡索在一个瞬间的戏剧性高潮之中，攫住了恐怖和绝望的全部意义。吸住观众的，不是戈耶或戴拉克鲁瓦笔下历史上某一战役的场面,而是本质上的战争感觉,以及独创的充溢着表现力的几何构图。

第二次大战期间,毕卡索留居巴黎。他的名字,在希特勒指为低级艺术家的名单中,是第一位。德国占领军总部不准公开展览他的作品,可是由于他的名气太大,德军始终不敢去干扰他。某些高级德军将领甚至偷着去画室拜访他,而他呢,每人都赠以一张《格尔尼卡》的明信片。据说某次希特勒驻巴黎的心腹亚贝慈[1](Otto Abetz)去看他,说愿意为他解决食品和燃料的问题,为毕卡索所拒。临行,亚贝慈看到一张《格尔尼卡》的照片,说道:"啊,这是你做的吗,毕卡索先生?""不,这是你们做的。"毕卡索答道。

(九)田园时期(Pastoral Period):一九四八年,大战业已结束,毕卡索迁居法国南部地中海岸的瓦洛里(Vallauris)及昂蒂布(Antibes)。这时他享受着平静美满的家庭生活,一方面年届古稀,一方面受到晴爽的迷人的地中海的感召,他的艺术进入了一个安详,和谐,且带点诗意与幽默的新古典时期。像晚年的莎士比亚一样,他的胸襟变得宁静,广阔,具有温和

---

[1] 亚贝慈:即奥托·阿贝茨。——编者注

的喜悦和淡淡的好奇。希腊神话的题材——半人半马兽、半人半羊神、女神等等，构成了抒情的田园趣味。同时一些小动物，如猫头鹰、蟾蜍、白鸽、山羊等，也成为他表现幽默感的对象。对于毕卡索，猫头鹰是古老的象征。一九五二年，他曾以猫头鹰的形象，作了一幅巴尔扎克的石版画像。此外，他更不断以自己的妻子和儿女为模特儿，画了不少复象，可是变形的程度已较以前的"怪诞时期"为缓和。总之这是他的田园时期，早期的妖怪即使出现在他的画面，也只像是经过催眠作用，莫可施其邪恶，而听命于普洛斯佩罗（Prospero）的魔杖了。一种自给自足，一种可以卧憩的秋季情怀，笼罩着一切。曾经是强烈地戏剧的（dramatic），松弛为飘逸地抒情的（lyrical）了。瓦洛里原是康城①（Cannes）附近一个制陶的小镇。毕卡索来后，一面向匠人学习，一面加以艺术的改进，竟使该镇成为一个异常兴盛的陶器中心。

以上便是这位现代艺术大师一生创造的大致过程。这种分期谅必不为毕卡索所承认。事实上这样分法简直是抽刀断水，武断而笼统，但是却便于一般观众的了解与指认。毕卡索的创作论是

---

① 康城：即戛纳。——编者注

多元的。他的风格层出不穷，且穿插而交叠，并不统一，连贯。毕加索不像康定斯基或克利那么爱发议论，可是从他极少数的自白观之，他是主张兼容并包，熔古今于一炉的。他说："就我而言，艺术之中无所谓过去或是未来。如果一件艺术品不能经常生存于现在，则它完全不值得考虑。希腊人、埃及人，以及前代的大画家们的艺术，并不是过去的艺术；也许它在今日远比往昔更有生命。"而毕加索自己呢，更是一个"神窃"（master thief）。任何时代，任何派别的名画，经他那出神入化的点金术一施，均能脱胎易骨，变成他自己的产品。他曾经就浪漫派大师戴拉克鲁瓦的《阿尔及耳[1]的妇人》作了十四幅不同风格的戏拟。即使如此繁加分期，往往在一期之内，他仍进行数种风格，尤其是他"综合的立体主义"时期的风格，几乎一直延续到最近的创作。

一八八一年十月廿五日，毕加索诞生于西班牙南部地中海岸的小镇马拉加（Malaga）。他的母亲叫玛丽亚·毕加索（Maria Picasso），父亲叫贺绥·刘易斯·布拉斯科[2]（José Ruiz Blasco），是一位艺术教员。毕加索的西班牙名则为 Pablo Ruiz

---

[1] 阿尔及耳：即阿尔及尔。——编者注
[2] 贺绥·刘易斯·布拉斯科：即何塞·鲁伊兹·布拉斯科。——编者注

Picasso[①]，以父名为中名，而从母姓。他现在已经有八十岁了。对许多批评家而言，他仍是最现代的现代画家。现代画已经进入抽象主义的阶段，然而具象的或半具象的作品并不因此丧失其价值。阿尔普和克利，两位抽象画家，曾自称一切抽象均取法乎自然。不错，毕卡索似乎始终未曾参加或吸收抽象的表现主义，然而没有立体主义为前导，抽象主义是不可能产生的，而毕卡索也曾作过纯抽象的构图，例如远在一九二六年，他为巴尔扎克的《无名的杰作》(*Le Chef-d'oeuvre inconnu*)所作的插图，便是形而上的有趣表现。什么派别能够逃过毕卡索的领域呢？上承希腊罗马的人文主义，地中海沿岸的各种文化，甚至野蛮民族的原始艺术，下启立体主义以降的一切支流，毕卡索表现其巴洛克的气质于立体手法的变化之中。现代艺术之中，找不出任何人可以和他相比，也许我们要回到米开兰基罗和达芬奇的时代，才能发现同类的巨人。

一九六一年十月二十日

[①] Pablo Ruiz Picasso：一般译为巴勃罗·鲁伊兹·毕加索。——编者注

论披头的音乐

> 我现在正努力做的一些事情，昨天还不成其为重要。
>
> ——约翰·兰能[①]

我现在是再也不去听古典音乐会了；我不知道还有谁在做这种事情。今晚会不会有某位钢琴大师，比昨晚另一位大师，把《月光奏鸣曲》弹得更好一点或是更坏一点，也难得有人还在关心了。

以前常有人称为前卫的那种独奏会，我仍不时参加，可是

[①] 约翰·兰能：即约翰·列侬，披头士乐队成员。——编者注

很少感到欣悦；我总不禁四顾自问：我来这里干什么？我在这里学到些什么呢？以前常拥聚在这种场合的那些诗人、画家，甚至作曲家们，现在都到哪里去了呢？嗯，也许我来这里是尽一种义务，例如听听我这一行有什么新发展，为了可以理直气壮地衷心憎恶这一行，或者抄袭别人一两个意念，或者仅仅对于节目单上的那个朋友表示慈善而已。可是我能学到的东西愈来愈少了。而同时，那些缺席的艺术家却躲在家里听唱片；在音乐会上再也找不到的东西，终于再度引起他们的反应。

对什么反应呢？披头了，当然——披头的出现，已经成为一九五〇年以来音乐史上最健康的盛事之一，对于这件事，任何有识之士都不能或多或少不有所感应的。我所谓"健康"，是指"生气蓬勃"而且"有感而发"——音乐界久已不用的两个形容词。我所谓"音乐"，不但包括爵士的一般范畴，也指室内乐、歌剧、交响乐等部门所包含的种种表现：简言之，是指一切音乐。我所谓"有识"，与其是指"高尚的爱好音乐人士"修养有素的欣赏力，不如是说与生俱来的判断力。（时至今日，仍然有人大声疾呼："像你这么好的一个音乐家，要用披头来骗我们做什么呢？"也就是这般人士，时至今日，仍然重戏剧而轻电影，而且因为流行音乐玷污了他们的才智，仍然去听交响乐演奏会，不知道今日的情势正好相反。）一九五〇年前后究竟发生了些什么事，是我这篇以音乐判断为主的短文所关切的出发点。专论披头的文学书籍，大半颂扬四人的抒情诗如何适应时代潮流，道人所不敢道，却将其主旨、音乐的一面，一笔带过。披头的诗也许是孵生那夜莺的蛋，可是仔细分析起来，夜莺仍应居先。

有一类音乐家，传统上叫做长发作曲家，他们通常是颇为失意，出身于音乐学院，然而（正如任何美国人都势必经历的）终其一生都在爵士乐的熏陶之中；我所谓"音乐判断"，正是来自此辈。我这篇短论不敢以全面的评价自命；我只能说明一件事实，那就是，将我和我的音乐同道们从一场消过毒的大梦中欣然撼醒的，是摇滚乐，以披头的表现为主的摇滚乐的活力。我对这一股活力自然而然感到好奇。它是从哪些源头喷射出来的呢？它满足了什么样的需要？披头似乎是一件美好事物中最美好的部分，他们实际上远胜于想效颦他们的一切乐队，而学他们的乐队却大半是美国人，只是要将曾经是美国本位的东西继续发扬罢了——可是披头何以偏偏崛起于利物浦呢？果真如韩托夫[①]（Nat Hentoff）所说，披头"使数百万美国少年迷上了

[①] 韩托夫：即纳特·亨托夫。——编者注

在美国本国令人伤心已久的东西……只是美国的年轻人一直不愿活生生地接受它,所以要靠英国人来过滤才能吸收"?披头果真令人伤心吗?他们果真是这么新奇吗?他们的吸引力,无论是令人痛苦或是欣悦,究竟是来自他们的歌词,或者是来自他们所谓的"歌喉",或者坦白地说,是来自他们的曲调?这些就是我或多或少要依次研讨的问题。

一九四〇年前后,经过了一段混沌的青春萌发期,美国音乐终于自立了。美国的土地当时得不到外来的肥料,遂开始结出真正属于本土的果实,作曲家遍地茁生起来。到了大战结束,我们耕耘的收成已经值得输出,因为音乐之树的每一枝柯都在欣欣向荣:各式各样的交响乐成打成打地在琢磨;歌剧的观念正移植到中西部的城镇之间;而且就本文的论点而言,独唱的歌者也正在各地作惊人之鸣。一面有辛纳屈(Sinatra)、霍恩(Horne)、何立岱(Holiday)等一流的风格家在做精采的演唱,①只是所唱的歌,以音乐价值而言,除了效颦二十年代的格希文和波特的一些,都平平庸庸,以文学内容而言,则渺不足道。另一面则为演唱会专业的歌者,如佛瑞希(Frijsh)、费班

---

① 辛纳屈即辛纳特拉,何立岱即霍利迪。——编者注

克（Fairbank）、谭吉盟（Tangeman）；[1]这些歌者虽然在声乐上不无问题，却因劝导一些较年轻的作曲家用优美的歌词谱可唱之歌，仍然创造了一种新声。

到了一九五〇年，美国音乐的输出已进入盛况。可是当我们发现外国人都不很在乎时，我们的兴头很快就减退了。爵士乐自然而然一直大行其道于欧洲，但欧洲却抹煞了美国的"严肃"音乐，认为它不够严肃；毕竟欧洲本身，在希特勒的阴影下麻木了二十年后，也正在复苏之中。但那种复苏事实上是复兴，也就是说，把在美国已经萎缩而在德国已为战争所遗忘的十二音体制恢复起来。这种技巧（不，不是一种技巧，而是一种思考方式，一种哲学）当时正在恢复之中，不在它当初兴起的德国，天下之大，却在法国！到了一九五〇年，布雷士[2]（Pierre Boulez）已经只手开道，奠定了其后十年全世界的音乐要奉行的音调。美国接受了提示，且让自己新发现的个性融入了终于成为游行乐队车似的国际学院主义。

乐风如此转变，没有人的惊骇更甚于"所有的人"，也

---

[1] 佛瑞希即弗里什，费班克即费尔班克，谭吉盟即坦格曼。——编者注
[2] 布雷士：即皮埃尔·布列兹。——编者注

就是说，我们最亲切最闻名的作曲家们。柯普兰[①]（Aaron Copland）苦心锤炼出来的贫瘠的旋律，久已成为众所接受的"美国风格"，这时终于见弃于青年一代。繁复而浪漫的德国汤，沉浸了乐坛凡一世纪，到了二十年代终于激起两种反抗，一种是沙提[②]（Satie）或汤姆森（Thomson）那种斯巴达式的朴素乐风（亦即柯普兰"美国风格"的根据），另一种则是达达主义笑傲一切偶像的精神，虽然，像超现实主义一样，达达主要是画家和诗人的媒介，在音乐一面它仍表现于"六人派"的某些作品。到了五十年代，名副其实带点报复意味再度发扬繁复乐式的，是柯普兰君临的四十年代中被冷落的一些中年作曲家（卡尔特 Elliot Carter、巴璧特 Milton Babbitt、伯尔格 Arthur Berger 等人），[③]也是一般的青年。如果说现在凯济[④]（John Cage）面无表情地恢复了达达式的放浪不羁，则此时柯普兰自己，也是面无表情地，像是被比他年轻一半的那些极其严肃的作曲家所威

---

① 柯普兰：即阿隆·科普兰。——编者注
② 沙提：即萨蒂。——编者注
③ 卡尔特即艾略特·卡特，巴璧特即米尔顿·巴比特，伯尔格即阿瑟·伯格。——编者注
④ 凯济：即约翰·凯奇。——编者注

迫似的，决定再度追求十二音制的格式。

我们可以了解，为了趋附时尚，这一般"严肃的"青年作曲家对于科学的实际关心，胜过了对于表示自我的"多余"考虑。他们愈来愈不为声乐作曲，即使为声乐作曲的时候，也无意用人声来诠释诗，甚且也无必要去诠释文字；他们处理人声一如机械，还时常用电子加以修饰。诗句不再"与"音乐结合，甚至不再"被"音乐所局限，只是"透过"音乐加以例解罢了。活生生的歌者已经没有用武之地了。

登台演唱的歌者，至少那些科班出身的，才不理会这一套呢，现代音乐本来就太难唱。何况它根本没有听众，而古典歌曲独唱会，在业已远逝的泰特（Teyte）和雷芒[①]（Lehmann）的年代虽然普受喜爱，这时也不再有什么听众了。年轻的歌唱家们受到别的诱惑，纷纷舍去德国的歌曲（lieder），法国的歌调（la mélodie），甚至自己美国的艺术歌（art song），终于没有一个专业艺术歌唱的人留下。古典大歌剧优厚的收入和成名的希望，把他们全诱走了。即使在今天，少数的几个例外还是欧洲人，像史华兹考夫（Schwarzkopf）、苏随（Souzay）、费

---

① 雷芒：即莱曼。——编者注

雪-狄思考（Fischer-Dieskau）。[1]美国精美的歌唱家皮尔姿丽[2]（Bethany Beardslee）一点也不赚钱，与她齐名住在西岸的杰出歌唱家玛妮·尼克森（Marni Nixon），现在却改业电影配音和歌舞喜剧了。现代大多数的专业歌唱家，声音都很不堪，即使为充场面而开演唱会，也是为邀来的贵宾而唱。

此外，当时正在发展中的，还有布鲁贝克（Brubeck）、坎顿（Kenton）和麦立根（Mulligan）的"前进爵士"，[3]又称"凉爽爵士"，但那种脆薄的表现，既不宜歌，又不宜舞。"名歌录"已烟消云散，黑人风格的歌唱家都失了业，大学乐队庸俗的歌手为人所鄙。歌已死。

而同时，所谓古典与所谓爵士之间的围墙也在崩溃之中，彼此正企图融合并革新对方。今日众所嗟叹的"沟通"之需要，当日能借音乐，任何形式的音乐，以解决者，似乎逊于其他艺术，尤其是电影。电影在成为公认的美术之后，即使对于知识分子，也成为能够畅言今日无法言宣之种种的唯一媒介了。

---

[1] 史华兹考夫即施瓦茨科普夫，苏随即苏泽，费雪-狄思考即菲舍尔-迪斯考。——编者注
[2] 皮尔姿丽：即贝瑟尼·比尔兹利。——编者注
[3] 坎顿即肯顿，麦立根即马利根。——编者注

可是十分矛盾可笑的是，音乐的知性化，却日渐疏远了知识分子，而对于知识分子以外的任何人，也激不起什么兴趣。举个例，史特拉文斯基的大名容或家喻户晓，可是事实上，无论是哪里的演奏会，节目单上已经少见他一九三〇年以后的作品，而一九五〇年以后的作品则根本见不到了。要听史特拉文斯基的近作，仅有的机会，是看巴伦辛①（Balanchine）的配画电影，或是每年两度去听克拉夫特（Robert Craft）的演唱（还要靠大师亲临会场才引来如许听众），不然只有从哥伦比亚的唱片上听取大师亲手指挥了，因为史特拉文斯基只和该公司签订制片之约。

至于我自己和一群写歌的朋友（包尔斯 Paul Bowles、平肯 Daniel Pinkham、佛朗纳根 David Flanagan、戴盟德 David Diamond），②在四十年代开始写作，在我看来，到了这时也以殿后的姿态继起，不合时宜地企图救活一个患了昏睡症的怪物。当日这群朋友，近来大多很少写歌，少得令人沮丧，而所以竟写出了寥寥那几首歌，与其说是由于迫切的创作欲，还不如说

---

① 巴伦辛即巴兰钦。——编者注
② 包尔斯即保罗·鲍尔斯，平肯即丹尼尔·平卡姆，佛朗纳根即戴维·弗拉纳根，戴盟德即戴维·戴蒙德。——编者注

是由于一些死硬的专业歌唱家日渐减少的约请之故。说到写歌，因为钱少，而出版、录音、演唱，甚且大众的关怀也少，我们对于这最为温柔迫切的艺术媒介曾经怀抱的年轻人的热情，说来也可悲，早已经大为减退了。

如果说，一度繁荣的"歌之艺术"，自从二次大战以来一直处于冬眠状态，则目前已有不少迹象，显示它在世界的每个角落都在复苏之中——而现在的这个世界也不再是当初任它冬眠的那个世界了。结果是，等到"歌"真正完全醒来（那场冬眠是有益健康的），它的谱写和诠释将大为改观，它的听众也大不相同了。

由于普莱斯[①]（Leontyne Price）一类的歌唱名家，因为经济的关系，已经不再专注于小格局的曲式，由于斯塔克豪森[②]（Stockhausen）一类的"严肃作家"，因为科学试验的关系，已经不再专注于人声（而歌唱又是人声之中最原始所以也是最传神的表现），复由于史特拉文斯基一类的大师，其作品似乎只有在作者出现时听众才有缘聆听，伟大歌曲的艺术传统，已经

[①] 普莱斯：即李奥汀·普莱丝。——编者注
[②] 斯塔克豪森：即斯托克豪森。——编者注

从少数欣赏者的圈子转移到四披头和他们徒子徒孙的身上去了；而并非专业音乐的任何知识分子都会向你述说，我们这时代能沟通心灵的最佳音乐，正以披头等等为代表。

这种音乐在十年前早已兴起，其代表人都是一些单纯的男性象征，像美国的普瑞斯利（Elvis Presley）和法国的海立地（Johnny Halliday）；①后来英国人制的一个影片，叫《快艇》[Expresso Bongo，也就是《特权》（Privilege）一片的前身]，描述一个不甚高明的摇滚歌手，就是以普瑞斯利和海立地为讽刺的对象。这两位年轻的独唱家今日仍在演唱而且收入甚丰，但当日确实孕育了比他们自己更微妙，更具使命感的独唱家如巴布·迪伦（Bob Dylan）和唐诺文·李琪（Donovan Leitch）；②后二者复辗转滋生了一群男性子孙，其中包括一胎双生的最富书卷气的赛门与高梵珂（Simoon and Garfunkel），一胎五生的最富异国情调的江湖佬与鱼（Country Joe & the Fish），一胎六生的最为思古的大结义（The Association），甚至一胎七生的刺

---

① 普瑞斯利即埃尔维斯·普雷斯利，又称猫王。海立地即约翰尼·哈利迪。——编者注

② 巴布·迪伦即鲍勃·迪伦。唐诺文·李琪即多诺万·利奇。——编者注

时最狂的创造之母（Mothers of Invention）。①女歌手远不如男歌手诞生之频，但也有"菁华三妹"（The Trio of Supremes），以及艾安（Janis Ian）和甘璀②（Bobbie Gentry）：后面两位各写了一首，仅有的一首好歌，而等到读者读到本文时，她们若非已经湮灭，便是已经不朽了。上述这些乐队，加上其他二十个相当优秀的乐队，和他们的"祖父一代"不同之点，就是他们大部分的歌曲，都是自己写的；他们把十二世纪的行吟诗人，十六世纪的合唱队，和十八世纪自谱自唱的乐师等等的传统融合在一起——总之，他们把二十世纪以前除了歌剧以外的一切歌唱上的表现，全熔为一炉了。

要说明这种新表现，我们必须使用（我已经在这里使用了）直截了当的"歌"字，而不得使用令人误解的lieder一字，因为lieder只适用于德国音乐，或是大言不惭的"艺术歌曲"一词，因为"艺术歌曲"一词不再适用于任何音乐了（在英文里面，真能使"严肃的艺术歌曲"有别于众人惯称之为"流行调"

---

① 赛门与高梵珂即西蒙和加芬克尔，江湖佬与鱼即乡村乔与鱼，大结义即联盟，创造之母即发明之母。——编者注
② "菁华三妹"即至高无上，艾安即珍妮斯·艾恩，甘璀即鲍比·金特里。——编者注

的东西的,是"演唱曲"recital song)。既然何立岱和"大乐队"在一个不仅昏沉抑且死寂的时代曾经演唱过的流行调,到今日不但可以在夜总会和戏院里听到,甚至可以在独唱会和音乐会上欣聆,既然那些流行调比起今日作曲家谱的任何"严肃"作品来,即使不更好,至少也无逊色,则可以包罗一切的最佳用语,干脆就是"歌"字。仅有的进一步的分类,只有"好歌"和"坏歌"了。最奇怪的是,音乐之所以恢复健康,凭借的不是我们那些世故的作曲家文雅的改革,却是成群的小伙子老式的引吭而歌。

至于这些小伙子里最好的一队竟来自英国,这件事实倒并不重要,因为他们也可以来自阿肯索州①。披头的世界正是混沌不分的国际学院主义的一部分,因为在这种天地之中,问题不在"异于",而在"胜于"。我以为,四披头的动人之处,和韩托夫暗示的什么"在美国本国令人伤心已久的东西"没什么关系,恰巧相反,其动人处却是令人愉快。

苏珊·宋泰格②(Susan Sontag)刚解释说:"新感性对于快

---

① 阿肯索州:即阿肯色州。——编者注
② 苏珊·宋泰格:即苏珊·桑塔格。——编者注

感的看法有点模糊。"我们立刻就发现她的"新"感性正在霉腐之中。她说这话，是指一群振振有辞到了可疑程度的作曲家，可疑，是因为他们花在滔滔自辩上的时间，多于作曲的时间。这般作曲家贬低对于音乐的"喜爱"，对于音乐"全身感受"的喜爱。说真的，没有人是"喜爱"布雷士的，是不是？这般作曲家关心的不是有没有人喜爱，而是有没有人领会。实实在在，"有趣"是披头具有感染性的音乐表现之精髓：日本人和波兰人（后者对于披头歌词中自杀和核子弹的主题并不理会）对于四披头的爱好，不下于英语世界的披头迷；实实在在，那样的表现，由于它发乎天然顺乎潮流的本质，应必为宋泰格所接受。披头正是针对新（意即"旧"）感性之毒的一帖解药，且容许知识分子毫不惭愧地承认，说他们喜爱这种音乐。

披头真是精采，尽管人人都知道他们真是精采，也就是说，尽管三十岁以下的一代强调披头能够适应诸如民权与LSD[①]等社会的新需要。我们对披头的需要，既无社会意义，也不新颖，而是艺术上的古老的需要，尤其是需要一次"复苏"，快感的复苏。十年来其他一切艺术莫不或多或少地感受到这种复苏；

---

① LSD：即致幻剂。——编者注

唯独音乐不但是人类史上最后发展的一项"无用的"表现方式，而且是任何特定的世代中最后成长的表现方式——即使，像在今日，一个世代最多不过延续五年（也就是可以感染到"新感性"的短暂时期），那情形也是一样。

何以披头最为杰出呢？我们很容易指出，和他们竞争的大多数乐队，正如世界上多数的事物一样，皆不值一顾；更重要的是，披头的杰出是贯彻始终的：他们近日推出的三张唱片，每一首歌都令人过耳不忘。这些难忘的歌曲中，最好的一些（最好的百分比也很高），例如《这里，那里，随便是哪里》、《日安啊阳光》、《蜜修儿》和《挪威森林》已经成为经典名作，且可比拟蒙特维地、修曼、蒲朗克等歌曲全盛时代的大师们的作品。

美好的旋律，甚至完满无憾的旋律，是既可以界说也可以传授的；音乐的其他三度"空间"：节奏、和声、对位，也是如此，虽然其中只有节奏能够独立存在。我们不妨这样形容旋律：形成一种可以认识的音乐形式的那么一串高低各异长短不一的音符。如果旋律（又称音调）为配合文字而谱成，则音乐的进行必随诗句曲折起伏，诗句必将旋律推向"高亢的"一点，通常称为顶点，再从那一点进行到终点。这种"必然性"正是使旋律美好甚或无憾的要素。不过天衣无缝也会空洞无物的，只要看看昔日"锡锅巷"①流行曲作者和今日，哪，"杰佛逊班机"②敲打出来的千百首三十二乐节的模范曲，就知道了。如果和歌词拆开，我们真能记起那些调子吗？

高超的旋律也用同样的食谱烹成，不同的是，其中的某些作料要靠"天才之变形"来保佑。披头的歌词常是和音乐相背而驰的，例如《浮生一日》一曲中压人而来的起句诗，竟配以温柔之至的旋律；这情形很像马莎·格莱安③（Martha Graham）的配乐常和她的舞蹈矛盾相对一样，因为她会在截然的静寂中剧烈地回旋，但乐池中众乐狂号时她却立地不动。披头的变调既是自然流露的，他们的歌曲恒是结构坚实，但效颦他们的人，变调变得很做作，因此学到的是兽形的檐漏，不是整座大教堂。

当然，出奇制胜这手法，本身并非什么美德，虽然一切伟大的作品都似乎有这成分。此地仅以上述四首歌为例；譬如《这里，那里，随便是哪里》吧，听到一半，不过像大学表演会上一首讨人欢喜的歌，可是刚一唱完，立刻就变得绕梁不

---

① "锡锅巷"：Tin Pan Alley，一般译为叮砰巷，美国早期流行音乐发行中心。——编者注
② "杰佛逊班机"：即杰斐逊飞机乐队。——编者注
③ 马莎·格莱安：又译为马莎·葛兰姆或马莎·格雷厄姆。——编者注

绝了。何以如此？因为在"她一挥手"这句歌词上，和声精细转位，出人意外而又令人满足得"恰到好处"，正如《旋律的太阳》一类蒙特维地的六部合唱曲中所见的那样。《日安啊阳光》节奏极为充沛，但初听时，其乐谱变化多端令人懊恼的程度，一如艾夫斯（Charles Ives）的某些手法；后来我才恍然，悟出那是"跨越的三连音符"所造成。四披头在此的"出奇制胜"，是将这么单纯的一个过程安排得内行人听来这么繁复，而一转三折之下，又能让任何"有节拍感"的外行人立刻可以学唱。《蜜修儿》一曲在第二拍（也是歌词的第二个字）上竟就变了调。这手法本身是"可以允许的"——蒲朗克就时常这么做，而蒲朗克却是有史以来最善解人意最正确无讹的作曲家；要点在于他恰好决定在第二拍上这么做，而这决定生了效。天才不在于不师承他人，而在取舍之间取正舍误。至于《挪威森林》，则使那首歌独特难忘，而不仅止于创新的，却是它拱形的旋律，一种愈来愈多休止的律动，一个交错而成的倒金字塔形。

当然，分析到底，披头之优于其他乐队，其难于捉摸，正如莫扎特之优于克雷芒提：莫扎特和克雷芒提皆熟练地使用同一音调的语言，只有莫扎特使用时特别有一种天才的魔术。

谁会为这种魔术去下界说呢？大众在觉察四披头的优于其他乐队时，着眼点是正确的，不像平时那样找错了原因——不像，譬如说，十年前之误解《罗丽塔》①。当时大众之接受《罗丽塔》，颇以为它只是一本俏皮的小说，但是今日，年龄不同境界互异的大众，都能名正言顺地吸收披头的音乐：我们大可一面聆听这种音乐，一面跳舞或吸烟，或者甚至举行葬礼（剧作家奥尔顿② Joe Orton 在伦敦的葬礼便是如此）。同样的大众，在讨论披头时，并不将披头和他人相提并论，却将披头和他们自己的种种特点相提并论，好像披头是一整个运动的可以自圆其说的定义，又似乎在如此短暂的音乐生命之中，披头已经像毕卡索或史特拉文斯基那样，经历了也扬弃了好几个"时期"（事实也确是如此）。例如《花椒军曹》那张唱片才一发行，立即引爆起一串争论，争论这张唱片比起披头前一张唱片《旋转人》或《橡皮灵魂》来，有无逊色。可以这么说，披头是自我滋生不息的。可是《哀莉娜·丽格碧》究竟是他们的母亲或是女儿？《蜜修儿》究竟是他们的祖母还是孙

---

① 《罗丽塔》：即《洛丽塔》。——编者注
② 奥尔顿：即乔·奥顿。——编者注

女？而《她正出走》中的那个"她",由于最晚出生,可能是姐妹呢,还是妻子?

据说保罗·麦卡特尼因倾向斯塔克豪森和电子而获得灵感,克服了交响配乐的困难,产生了种种迷幻之境的效果;我们能从这种音乐里听到些什么呢?哪,像最早在《明日永难知》和《草莓田》中所显示的那样,他们的声音显得着重音调的质量而不重内涵,着重迷人的恍惚而不重结构。麦卡特尼的乐曲并未受到这些"改革"的影响,因为这些"改革"只是将乐曲修得光洁平整的有关乐器的一些技巧。而乐曲本身的任何方面,比起古远的"大乐队"或是昨日的"凉爽"乐团来,也不更为进步。披头的和声,即使再大胆突出,像在《我要跟你说》中那样坚持的不谐和音,基本上也只是印象主义的余风,并没有超越拉维尔的《马德卡斯歌集》。披头的节奏,像《日安啊阳光》中那样,也会变得异常巧妙,但仍几乎经常守住四分之四的拍子,比起巴尔托克五十年前最单纯的乐曲来,还要单纯。诸如《补洞》或《蜜修儿》中的旋律,虽然谱得十分精美,却是根据标准的调式——诸如黑人蓝调的降低三度音程和七度音程。披头的对位法,即使像《她正出走》的某些部分那样严格的时候,也不比《三只小老鼠》更为复杂;至于像《必须和你共此生》

那样自由的时候，则活泼自如像兴德密特[①]（Hindemith）——事实上，正如没有"问题"的巴哈[②]一样，也就是说，无须逐步解决十八世纪谱写声部的苛严要求（姑不论柯尔门[③]Ornette Coleman一类的器乐家，即使"菁华三姝"在这方面也已超越了披头了）。至于整体乐曲的形式，《花椒军曹》的那些歌大致上都不及以前几张唱片复杂，而以前几张唱片本身，也很少敢于超越基本的"歌词加合唱"的结构。麦卡特尼的独创性，不在革新，而在凌越。至于他有无可能以及如何处理更浩大的曲式，我们尚须拭目以待。可是以具体而微的乐坛，以歌坛而言，他已经是一位现代大师了。准此，他确是四披头中最有分量的一位。

兰能的抒情诗，或者不如说他的那些歌词，已经被人心理分析得面目全非了。他的歌词确很机巧，动人，合乎潮流，而最重要的是，和歌曲极为相配。可是一旦和歌曲分开，兰能的歌词果真就远胜于，譬如说，波特（Cole Porter）或布里慈斯

[①] 兴德密特：即欣德米特。——编者注
[②] 巴哈：即巴赫。——编者注
[③] 柯尔门：即奥奈特·科尔曼。——编者注

泰因[①]（Marc Blitzstein）的歌词吗？当然，布里兹斯泰因的音乐，无论其歌词的论点多么陈旧，仍然是成功的，而波特的歌，即使全不依凭文字，仍然不改其美。我们总是听说（例如科拉尔在《星期六评论》上便这么说，披头"呼喊的是一些重大的事情"），可是这些事情果真比昨日的"异果"或前日的"欧提丝小姐的恼恨"更切时吗？至于李碧琪[②]（Peggy Lee）吟唱的《何处抑何时》，是否就不如《露西在天上》那么如梦如幻呢？即使如此，难道披头就以此取胜吗？影片《特权》描述一个摇滚歌手企图推翻现状而要求控制一切，但是事实上，正如李瑾所说："到现在为止，还没有任何摇滚乐队，甚至整个运动加起来，能像百年前吉尔伯特和沙利文那样使一个政府惶然不安。"即使在非常时期诗能成为政治利器，也不能证明音乐能"意味"些什么，既非抗议，也非博爱，甚至也非起泡的喷泉，什么都不是。固然，兰能的歌词不但暴露了当代的问题（例如《浮生一日》），抑且提示了解决之道（例如《补洞》）；而其歌曲据说是配合歌词而谱的，不是先有曲后有词，其歌曲也很相称。

---

① 布里兹斯泰因：即马克·布利茨斯坦。——编者注
② 李碧琪：即佩姬·李。——编者注

但歌曲毕竟更为强烈，正如缓慢而无节拍的格瑞哥利式的吟诵，可以改变产生它的那种急骤而放浪的街头小调的"意义"，兰能的歌词起不起作用，要看你如何唱它而定。

就碧莉·何立岱而言，要紧的不是歌，而是她唱歌的方式；她和皮亚夫一样，能化平庸为神妙。就披头而言，要紧的是歌本身，而不一定是他们唱它的方式；正如舒伯特的歌，即使让妖怪去唱，也唱不坏一样。例如《蜜修儿》这首歌，如果由一位"真正的"歌手如巴碧莲[①]（Cathy Berberian）者来演唱，则其为可爱动人固然依旧，但咬字吐音必清畅得多。巴碧莲的口齿（几乎任何人的口齿）都要比四披头的口齿清楚，至少伦敦以外的人听来是如此。就算披头的歌词不逊于曲，他们的歌，由于发音含糊，仍然迫使听众首先去判断歌曲本身。

乔治·哈里森对印度的探讨，则似乎是四披头晚近语言中最难令人心悦诚服的一面。就像麦卡特尼的吸收电子一样，哈里森之于印度音乐，似乎也止于吸收其表面；但是他的两大作品《爱你》和《入于你》，于俨然亦吸收印度音乐的结构之余，仅仅呈现零乱之象，并无催眠之功。哈里森的东方化无疑是诚

---

① 巴碧莲：即凯茜·贝尔贝里安。——编者注

恳的，不幸听起来做作——如"江湖佬与鱼"的五音阶主义。戴布西，像所有跟随他的音乐家一样，深受一九〇〇年巴黎世界博览会上峇厘岛①展览的影响，从而获得创作《中国宝塔》与《玲黛瑞嘉》的灵感。这些作品在同类形式中之令人乐于接受，正如数十年后考尔（Henry Cowell）、巴奇（Harry Partch），甚或格兰薇儿·希克丝（Peggy Glanville-Hicks）的演唱曲。②这些聪明的音乐家并不斤斤计较"道地"与否，他们只将东方音乐的效果译成西方音乐的术语，然后以极有把握的方式去运用那术语；但是哈里森仍然蹒跚而行试图捕捉真实的意义，却徒劳而无功；用心良苦，加上"灵感"，绝对不足使他真有那种背景，那种与生俱来的特权，而必须要有那种背景，才能产生他要效颦的那种音乐。

林戈·斯塔尔的活动，和他的披头三同伴无关的一些，我们不得而知，可是他似乎学会了歌唱时如何发挥一种名副其实是难以言喻的魅力，我也没有见过兰能的战争影片。总之，到现在为止，四披头最动人之处，是他们合作创造的过程（其

---

① 峇厘岛：即巴厘岛。——编者注
② 考尔即亨利·考埃尔，巴奇即哈里·帕奇，格兰薇儿·希克丝即佩姬·格兰维尔·希克斯。——编者注

动人之处甚且超过他们的合作表演）。

今日我自己的作曲动机，与其说是由于灵感的驱使，不如说是由于单纯的需要（我谱出自己要听的曲，因为没有别人来做这件事），同样，我一面淘汰一面等待而聆听的，全是我需要听的东西。今日我所需要的，得之于创新者似乎比得之于念旧者为少：仔细想来，过了某种年龄，我们每年又能获得多少动人心弦的经验呢？这种念旧之情，十分显然，是披头引起来的。此外，也就没有什么好说的了，因为从结构上去分析他们，并没有什么趣味；他们仅仅恢复了激情，并未增加若何新意。这种激奋之情的来源，一部分自然是他们的才华，另一部分则由于他们纯然大胆地，因此也是纯然天真地，将音乐各殊的成分熔于一炉，也就是说，运用和声、对位、节奏、旋律、交响配乐等极为保守的技巧，且将它们融为一股令人感染的清新之气（此地插一句嘴：披头最近的歌《我是一头海象》似乎有点令人担心，比起以前的作品，似乎比较做作，欠缺"灵感"。尽管这首歌在理路上以威廉望[①]（Vaughan Williams）为里，而以爵士乐的"劈扑"乐风

[①] 威廉望：即沃恩·威廉斯。——编者注

为表，且通篇十分优美，不幸总效果却成了自我戏弄之戏弄，此亦艺术家真正危机所在。也许神圣如披头者，亦难免偶有胎死腹中之象吧）。

可以说，披头已将"虚构的故事"带回音乐之中，以取代批评。不，他们并不新奇，他们一唱三叹，那种洋溢的无可奈何之感，一如贝西·史密斯（Bessie Smith）。他们使艺术免于荒凉的殉道悲剧，且恢复了感官的世界，毫无疑问，他们才不在乎我这些引经据典的诠释；这正是他们可爱的地方。

假设（这真是一个大大的"设想"）最健康的音乐是出于肉体的一种创造性的反应，也是对肉体的一种刺戟，而最病态的音乐是对于理智的一种创造性的反应，也是对理智的一种刺戟——假设健康真是艺术应该追求的一项特色，而且假设（我相信是如此）披头正是这种特色的明证，那么，尽管在我们这行星的垂暮之年这件事显得巧合而奇异，我们总算达到歌曲的一个崭新的、黄金的复兴时期了。

一九七一年春译于丹佛

附注：

《论披头的音乐》是一篇译文，原作者奈德·罗伦[1]（Ned Rorem）一九二三年生于美国印地安纳州的里奇蒙，是一位知名的作曲家，谱有歌剧、歌曲及交响乐曲等多种，并出版现代音乐之论述《巴黎日记》《纽约日记》《音乐行话》《音乐和大众》等。本文曾经收入一九六九年的文选《作家与问题》(*Writers & Issues*, edited by Theodore Solotaroff, Signet Books, New York)。

---

[1] 奈德·罗伦：即内德·罗勒姆。——编者注

饶了我的耳朵吧，音乐

声乐家席慕德女士有一次搭计程车，车上正大放流行曲。她请司机调低一点，司机说："你不喜欢音乐吗？"席慕德说："是啊，我不喜欢音乐。"

一位音乐家面对这样的问题，真可谓啼笑皆非了。首先，音乐的种类很多，在台湾的社会最具恶势力的一种，虽然也叫做音乐，却非顾曲周郎所愿聆听。其次，音乐之美并不取决于音量之高低。有些人听"音响"，其实是在玩机器，而非听音乐。计程车内的空间，闭塞而小，哪用如此锣鼓喧天？再次，音乐并非空气，不像呼吸那样分秒必需。难道每坐一次计程车，都要给强迫听一次音乐吗？其实，终日弦乐不辍的人，未必真正爱好音乐。

在台湾的社会，到处都是"音乐"，到处都是"爱好音乐"的人；我最同情的，便是音乐界的朋友了。像波德莱尔一样，我不懂乐理，却爱音乐，并且自信有两只敏感的耳朵，对于不够格的音乐，说得上"嫉恶如仇"。在台湾，每出一次门——有时甚至不必出门——耳朵都要受一次罪。久而久之，几乎对一切音乐都心存恐怖。噪音在台湾，宛如天罗地网，其中不少更以音乐为名。上帝造人，在自卫系统上颇不平衡：遇到不想看的东西，只要闭上眼睛，但是遇到不想听的东西呢，却无法有效地塞耳。像我这种徒慕音乐的外行，都已觉得五音乱耳，无所逃遁，音乐家自己怎么还活得下去，真是奇迹。

凡我去过的地区，要数台湾的计程车最热闹了，两只音响喇叭，偏偏对准后座的乘客，真正是近在咫尺。以前我还强自忍住，心想又不在车上一辈子，算了。最近，受了拒吸二手烟运动的鼓励，我也推行起拒听二手曲运动，干脆请司机关掉音乐。二手曲令人烦躁，分心，不能休息，而且妨碍乘客之间的对话与乘客对司机的吩咐，也有拒听的必要。

在欧美与日本，计程车上例皆不放音乐。火车上也是如此，只有西班牙是例外。我乘火车旅行过的国家，包括瑞典、丹麦、西德、法国、英国、美国、加拿大、日本，火车上的扩音器只用来播报站名，却与音乐无关。不知道什么缘故，台湾的火车上总爱供应音乐。论品质，则时而国乐，时而西方的轻音乐，时而台湾特产的流行曲，像是一杯劣质的鸡尾酒。论音量，虽然不算喧吵，却也不让人耳根清静，无法安心睡觉或思考。

听说有一次夏志清和无名氏在自强号上交谈，夏志清嫌音乐扰人，请车掌小姐调低，她正忙于他事，未加理会。夏志清受不了，就地朝她一跪，再申前请。音乐终于调低，两位作家欣然重拾论题。但是不久音乐嘈嘈再起，夏志清对无名氏说："这次轮到你去跪了。"

夏氏素来奇行妙论，但是有没有奇到为音乐下跪，却值得怀疑。前述也许只是夸大之辞，也许当时他只对车掌小姐威胁说："你再不关音乐，我就要向你下跪了。"不过音乐逼人之急，可以想见。其事未必可信，其情未必无稽。台湾的火车上，一方面播请乘客约束自己的孩子，勿任喧哗，另一方面却又不断自播音乐，实在矛盾。我在火车上总是尽量容忍，用软纸塞起耳朵，但是也只能使音量稍低，不能杜绝。最近忍无可忍，也在拒吸二手烟的精神下，向列车长送上请求的字条。字条是这样写的：

列车长先生：从高雄到嘉义，车上一直在播音乐，令我无法入梦或思考。不知能否将音量调低，让乘客的耳朵有机会休息？

　　三分钟后，音乐整个关掉了，我得以享受安静的幸福，直到台北。我那字条是署了名的，也不知道那一班自强号关掉音乐，究竟是由于我的名字，还是由于列车长有纳言的精神。感激之余，我仍希望铁路局能考虑废掉车上的播乐，免得每次把这件事个别处理。要是有人以为火车的乘客少不了音乐，那么为什么长途飞行的乘客，关在机舱内十几个小时，并不要求播放音乐呢？

　　要是有人以为我讨厌音乐，就大大误会了。相反地，我是音乐的信徒，对音乐不但具有热情，更具有信仰与虔敬。国乐的清雅，西方古典的宏富，民谣的纯真，摇滚乐的奔放，爵士的即兴自如，南欧的热烈，中东和印度的迷幻，都能够令我感发兴起或辗转低回。唯其如此，我才主张要么不听音乐，要听，必须有一点诚意、敬意。要是在不当的场合滥用音乐，那不但对音乐是不敬，对不想听的人也是一种无礼。我觉得，如果是好音乐，无论是器乐或是声乐，都值得放下别的事情来，聚精会神地聆听。音乐有它本身的价值，对我们的心境、性情、品格能起正面的作用。但是今日社会的风气，却把音乐当作排遣无聊的玩物，其作用不会超过口香糖，不然便是把它当作烘托气氛点缀热闹的装饰，其作用只像是霓虹灯。

音乐的反义词不是寂静，是噪音。敏锐的心灵欣赏音乐，更欣赏寂静。其实一个人要是不能享受寂静，恐怕也就享受不了音乐。我相信，凡是伟大的音乐，莫不令人感到无上的宁静，所以在《公元二〇〇一年：太空流浪记》[①]里，太空人在星际所听的音乐，正是巴哈。

寂静，是一切智慧的来源。达摩面壁，面对的正是寂静的空无。一个人在寂静之际，其实面对的是自己，他不得不跟自己对话。那种绝境太可怕了，非普通的心灵所能承担，因此他需要一点声响来解除困绝。但是另一方面，聆听高妙或宏大的音乐，其实是面对一个伟大的灵魂，这境地同样不是普通人所能承担。因此他被迫在寂静与音乐之外另谋出路：那出路也叫做"音乐"，其实是一种介于音乐与噪音之间的东西，一种散漫而软弱的"时间"。

---

① 《公元二〇〇一年：太空流浪记》：即《2001太空漫游》。——编者注

汤默斯曼[①]在《魔山》里曾说："音乐不但鼓动了时间，更鼓动我们以最精妙的方式去享受时间。"这当然是指精妙的音乐，因为精妙的音乐才能把时间安排得恰到好处，让我们恰如其分地去欣赏时间，时间形成的旋律与节奏。相反地，软弱的音乐——就算它是音乐吧——不但懈怠了时间，也令我们懈怠了对时间的敏感。我是指台湾特产的一种流行歌曲，其为"音乐"，例皆主题浅薄，词句幼稚，曲调平庸而轻率，形式上既无发展，也无所谓高潮，只有得来现成的结论。这种歌曲好比用成语串成的文学作品，作者的想象力全省掉了，而更糟的是，那些成语往往还用得不对。

这样的歌曲竟然主宰了台湾社会的通俗文化生活，从三台电视的综艺节目到歌厅酒馆的卡拉OK，提供了大众所谓的音乐，实在令人沮丧。俄国作曲家格林卡（Mikhail Glinka）说得好："创造音乐的是整个民族，作曲家不过谱出来而已。"什么样的民族创造什么样的音乐，果真如此，我们这民族早该痛切反省了。

将近两千四百年前，柏拉图早就在担心了。他说："音乐与

---

① 汤默斯曼：即托马斯·曼。——编者注

节拍使心灵与躯体优美而健康；不过呢，太多的音乐正如太多的运动，也有其危害。只做一位运动员，可能沦为蛮人；只做一位乐师呢，也会'软化得一无好处'。"他这番话未必全对，但是太多的音乐会造成危害，这一点却值得我们警惕。

在台湾，音乐之被滥用，正如空气之受污染，其害已经太深，太久了。这些年来，我在这社会被迫入耳的音乐，已经够我听几十辈子了，但是明天我还得再听。

明天我如果去餐馆赴宴，无论是与大众济济一堂，或是与知己另辟一室，大半都逃不了播放的音乐。严重的时候，众弦嘈杂，金鼓齐鸣，宾主也只好提高自己的嗓子慷慨叫阵，一顿饭下来，没有谁不声嘶力竭。有些餐厅或咖啡馆，还有电子琴现场演奏，其声呜呜然，起伏无定，回旋反复，没有棱角的一串串颤音，维持着一种廉价的塑胶音乐。若是不巧碰上喜宴，更有歌星之类在油嘴滑舌的司仪介绍之下，登台献唱。

走到街上呢，往往半条街都被私宅的婚宴或丧事所侵占，人声扰攘之上，免不了又是响彻邻里的音乐。有时在夜里，那音乐忽然破空而裂，方圆半里内的街坊市井便淹没于海啸一般的声浪，鬼哭神号之中，各路音乐扭斗在一起，一会儿是流行曲，一会儿是布袋戏，一会儿又是西洋的轻音乐，似乎这都市已经到了世界末日，忽然堕入了噪音的地狱。如果你天真得竟然向警察去投诉，一定是没有结果。所谓礼乐之邦，果真堕落到这地步了吗？

当你知道这一切不过是几盒廉价的录音带在作怪，外加一架扩音器助纣为虐，那恐怖的暴音地狱，只需神棍或乐匠的手指轻轻一扭就召来，你怎么不愤怒呢？最原始的迷信有了最进步的科技来推广，恶势力当然加倍扩张。如果我跟朋友们觅得一个处女岛，创立一个理想国，宪法的第一条必定把扩音器列为头号违禁品，不许入境。违者交付化学处理，把他缩成一只老鼠，终身囚在喇叭箱中。

第二条便是：录音机之类不许带进风景区。从前的雅士曾把花间喝道、月下掌灯的行径斥为恶习。在爱迪生以前的世界，至少没有人会背着录音机去郊游吧。这些"爱好音乐"的青年似乎一刻也离不开那盒子了，深恐一入了大自然，便会"绝粮"。其实，如果你抛不下机器的文明，又不能在寂静里欣赏"山水有清音"的天籁，那又何苦离开都市呢？在那么僻远的地方，还要强迫无辜的耳朵听你的二手曲吗？

回到家里，打开电视，无论是正式节目或广告，几乎也都无休无止地配上音乐。至于有奖比赛的场合，上起古稀的翁妪，下至学龄的孩童，更是人手一管麦克风，以夜总会的动作，学歌星的滥调，扭唱其词句不通的流行歌曲。夜夜如此，举国效颦，正是柏拉图所担心的音乐泛滥，民风靡软，孔子所担心的郑卫之音。

连续剧的配乐既响且密，往往失之多余，或是点题太过浅露，反令观众耳烦心乱。古装的武侠片往往大配其西方的浪漫弦乐，却很少使用箫笛与琴筝。目前正演着的一台武侠连续剧，看来虽然有趣，主题歌却软弱委靡，毫无侠骨，跟旁边两台的时装言情片并无两样。天啊，我们的音乐真的堕落到这种地步了吗？许多电影也是如此，导演在想象力不足的时候，就依赖既强又频的配乐来说明剧情，突出主题，不知让寂静的含蓄或悬宕来接手，也不肯让自然的天籁来营造气氛。从头到尾，配乐喋喋不休，令人紧张而疲劳。寂静之于音乐，正如留白之于绘画。配乐冗长而芜乱的电影，正如画面涂满色彩的绘画，同为笨手的拙作。

我们的生活里真需要这么多"音乐"吗？终日在这一片泛滥无际的音波里载浮载沉，就能够证明我们是音乐普及的社会了吗？在一切艺术形式之中，音乐是最能主宰"此刻"最富侵略性的一种。不喜欢文学的人可以躲开书本，讨厌绘画的人可以背对画框，戏剧也不会拦住你的门口，逼你观看。唯独音乐什么也挡不住，像跳栏高手一样，能越过一切障碍来袭击、狙击你的耳朵，搅乱你的心神。现代都市的人烟已经这么密集，如果大家不约束自己手里的发音机器，减低弦歌不辍的音量和频率，将无异纵虎于市。

这样下去，至少有两个后果。其一是多少噪音、半噪音、准噪音会把我们的耳朵磨钝，害我们既听不见寂静，也听不见真正的音乐。其二就更严重了。寂静使我们思考，真正的音乐使我们对时间的感觉加倍敏锐，但是整天在轻率而散漫的音波里浮沉，呼吸与脉搏受制于芜乱的节奏，人就不能好好地思想。不能思想，不肯思想，不敢思想，正是我们文化生活的病根。

饶了我无辜的耳朵吧，音乐。

一九八六年九月十五日

图书在版编目（CIP）数据

一笑人间万事 / 余光中著. — 成都：天地出版社，2023.1
ISBN 978-7-5455-7052-6

Ⅰ.①一… Ⅱ.①余… Ⅲ.①散文集—中国—当代 Ⅳ.①I267

中国版本图书馆CIP数据核字（2022）第063290号

本书由台北九歌出版社有限公司授权出版，经凯琳国际文化代理。

著作权合同登记号　图字：21-2022-351

YI XIAO RENJIAN WANSHI
一笑人间万事

出 品 人	陈小雨　杨　政
作　者	余光中
责任编辑	吕　晴
责任校对	马志侠
封面设计	尚燕平
责任印制	王学锋

出版发行	天地出版社
	（成都市锦江区三色路238号　邮政编码：610023）
	（北京市方庄芳群园3区3号　邮政编码：100078）
网　址	http://www.tiandiph.com
电子邮箱	tianditg@163.com
经　销	新华文轩出版传媒股份有限公司
印　刷	天津融正印刷有限公司
版　次	2023年1月第1版
印　次	2023年1月第1次印刷
开　本	880mm×1230mm　1/32
印　张	8.25
字　数	148千字
定　价	58.00元
书　号	ISBN 978-7-5455-7052-6

版权所有◆违者必究

咨询电话：（028）86361282（总编室）
购书热线：（010）67693207（营销中心）

如有印装错误，请与本社联系调换

从起音刻文字，分享个连响电

天喜文化